角川春樹事務所

本書は時代小説文庫（ハルキ文庫）の書き下ろし作品です。

目次

第一章　不審死

一

深川佐賀町の旅籠『日高屋』が火事に遭ったのは一月十六日の未明であった。『日高屋』は油堀下ノ橋の袂にあって、そこそこ大きな旅籠屋である。裏手は竹藪になっている。それが幸いし、延焼を免れた。奇跡的に、燃えたのは『日高屋』だけだった。

探索に当たった定町廻り同心の今泉五郎左衛門によると、二階の奥の部屋から出火したものだという。

『日高屋』に泊まっていた客はほとんどが無傷であったが、唯一火元である二階奥の部屋に泊まっていた客だけが焼け死んでいた。

死体を検めてみると、頭に強い打撲の痕があり、倒れてきた柱や棚などがぶつかったのかもしれないという。

頭を打ったことにより死んだのか、それとも死んでからの打撲なのか、どちらとも言えないようであったが、この火事で死んだことには変わりない。

出火の原因は行灯を倒したためらしい。

宿帳に書かれた名前によると、死体の主は勝山正太郎。住まいは大坂堂島新地四丁目、蘭方医となっていた。

同心の今泉は火事の翌日からも頻繁に『日高屋』の跡地にやってきて、調べに当たっていた。

「わざわざ、同心が来るてえことは、あの勝山正太郎っていう医者に何かあるに違いねえ」

巷ではそんなことを言うものもいる。

十日ばかりすると、今泉がやってくることもなくなった。岡っ引きも姿を現さない。

今泉が手下に話したところによると、どうやら殺しを隠すための付け火なのではないかと疑っていたようだ。

しかし、結局は確固たる証も見つけ出せず、探索は終わった。

火事に遭った『日高屋』の主人銀之助は六十を過ぎたということもあり、『日高屋』を再開する意欲はもうなく、数年前に建てた日暮里の寮で余生を暮らすと言っていた。

旅籠が建っていた土地は売るつもりはなく、貸すことになった。だが、銀之助は佐賀町にはいないので、代わりに小間物屋『足柄屋』の若い主人、与四郎が取り次ぎを託されることになった。

与四郎は二十六歳。切れ長の目に鼻筋が通り、卑しさのないすっきりした細い頰。ここ佐賀町に店を出して四年になる。

与四郎の裏表のない人柄を銀之助は気に入ってくれたらしく、信用もしていた。したがって、単に取り次ぎだけでなく、貸すかどうかの判断も任されていた。借り手の条件はそれほど厳しくなかったが、ただ過去に問題のある人物は避けたいとの銀之助の意向は聞いていた。

今までにふたり、借りたいという者がやってきて、それぞれ帯問屋、下駄問屋であったが、以前に商いに失敗しているということがわかり、話はなくなった。

与四郎は銀之助に、

「たとえ、失敗したことがあったとしても、次はちゃんと手堅くやるかもしれません」

と、伝えたが、

「いや、一度失敗した者は商いに向いていない。だから、また同じ失敗をする」

銀之助の意思は変わらない。

なかなか借りるのが難しいという話が広まったのか、それからしばらくは借りたいという者が現れなかった。

そして、上弦の月が明るい二月七日の夜五つ（午後八時）ごろ。

外では犬の鳴き声がしきりにしていた。近頃（ちかごろ）、どこからともなく現れた親子の野良犬が、元々この辺りにいた野良犬としきりに喧嘩（けんか）をしている。

うるさくは思ったが、声があまりに大きくなると、隣の下駄問屋の若旦那（わかだんな）が外に出て、犬たちを追い払うわけでもなく、静かにさせてくれているようだ。

一度だけ、与四郎がその様子を見に行ったときには、喧嘩の時には狂暴で牙（きば）を剝（む）きだしている野良犬が、若旦那にあやされて舌を出していた。

あまりの変わりように、

「若旦那、さすがですね」

と、思わず褒めたことだった。

「いえ、動物には好かれるようです」

静かになると、犬たちを置いて若旦那は家に戻って行く。

いまも犬が大声で吠えていたのに、急に鳴き止んだ。

また若旦那がなだめに行ってくれたのかと思った。そんな話を与四郎が居間で女房の小里と、十五歳の小僧の太助と他愛のない話をしていたら、

「頼もう」

と、勝手口の方から低く通る声がした。

まだ若い男の声だった。だが、どことなく声が堅苦しい。

「旦那さま、私が」

太助が行こうとしたが、

「いや」

与四郎は自分で行くことにした。

近頃は押し込みが増えているから気を付けるようにと、岡っ引きからもきつく言われている。

勝手口に行くと、背が高く、彫の深い顔で、目の大きな三十前後と思しき侍が立っていた。威厳のある顔つきで、品の良い黒紋付の羽織袴姿である。

大きな目を真っすぐに向けて、

「某は日比谷要蔵と申す。『日高屋』のことで話がござる」

と、堅苦しい口調で言う。

「『足柄屋』の主人の与四郎と申します」

与四郎は挨拶をしてから、

「あの空いた土地のことですか」

と、きいた。

「左様」

日比谷は頷く。

「どうぞ、こちらへ」

与四郎は廊下を伝った先の客間に案内した。小僧の太助が近くで話を聞いていたのか、すぐに茶を持ってきた。

「かたじけない」

日比谷は太助にそう言ってから、

「まだあの場所は空いているのか」

と、出し抜けにきいた。

「はい。何人か借りたいと仰る方はいらっしゃったのですが、『日高屋』の主人だった銀之助さんの許しが得られませんでした」

「そんなに厳しいのか」

「いえ、そういうわけではございません。しかし、銀之助さんはその人の過去を気にするようでして、何か商売で失敗したことがあるとかですと、なかなか貸すことができないと……」

与四郎は正直に話した。

日比谷はじっと与四郎の目を捉えて、

「某はそのようなことはござらん」

と、しっかりとした口調で言った。

それから出自について語りだした。

「拙者は美濃の大垣の生まれで、つい先日江戸に出てきたばかりである。剣術には自信があり、道場を開こうと思っている所存。また剣術だけではなく、学問も教えようと思っておったところだ。そして、『日高屋』のことを耳にして、ここにやって来た訳だ」

と、話した。

それから、さらに自身のことを語った。

歳は二十九、妻子はおらず、父母はすでに他界している。美濃で剣術道場を開いていた時には、三十名の弟子がいたという。

江戸に出てきた理由としては、自分の腕を試したいとのことだった。なんでも、先月、東海一と言われた剣豪を試合で倒したらしい。

「『日高屋』があった場所は、さきほど見てきた。なかなかいい場所だし、広さもいい。門弟が増えてきても十分だ」

日比谷が言う。

「失礼ですが、どなたからお話を？」

与四郎は確かめるようにきいた。

「宇田川榕菴殿である」

「宇田川さまでございましたか」

与四郎は大きく頷いた。

蘭学者で、幕府の天文方蛮書和解御用という、主に和蘭だが、諸外国の書物の翻訳を行う役所の掛かりである。与四郎がまだ独立する前、日本橋馬喰町にいた頃からの知り合いであった。長崎の出島などにも出入りするため、与四郎は珍しいものがあったら代わりに買ってきてもらうこともあった。

「それで、そこに剣術道場を建てても構わないのか」

日比谷がきく。

「ええ、どのようにお使いになられても問題ございません」

「いつから借りることができる」

「すぐにでもお貸しできます」

与四郎は銀之助に言われていた地代を提示した。

「いいだろう」

日比谷はあっさりと快諾した。

「では、明日にでも『日高屋』の旦那のところに行ってきますので。それから、日比谷さまの元までお返事に参ります」

「そうか。では、両国広小路（りょうごくひろこうじ）に『武蔵屋（むさしや）』という旅籠がある」

「ええ、存じております」

「しばらくはそこにいるつもりだから、好（よ）い返事を待っておる」

日比谷は去って行った。

次の日の朝、与四郎は商品の小間物を背負い、店は小里と太助に任せて、商売をしながら日暮里に向かった。近頃では、月の半分くらいは与四郎、もう半分は太助が荷（にない）

売りに出ている。

普段の足であれば、半刻（約一時間）ほどで行ける場所であるが、今日は倍以上かかった。さすがに日暮里のあたりは田圃ばかりで、家が少なく、いくら売り声を張り上げても誰も呼び止めてはくれなかった。

銀之助の寮へ着き、門をあけて、庭を歩いていると、十七、八の下女が箒で庭を掃いていた。あまり器量がよくないが、愛嬌のある女で、一年前に一度しか会ったことがなかったのにもかかわらず、

「あ、与四郎さん」

と、戸惑うことなく声をかけてくれた。

「旦那はいらっしゃるかい」

「はい、裏庭で盆栽をいじっています」

下女が教えてくれた。

与四郎は裏庭に回った。

幾分か小さくなった銀之助の後ろ姿が見えた。

「旦那」

与四郎は声をかけて近づいた。

振り返ると、前回会ったときよりも頬に肉が付いていた。火事の直後は食事も喉を通らないようなことを言い、げっそりとしていた。

銀之助は盆栽の棚に鋏を置き、

「お前さんがここに来たということは、『日高屋』の借り手が見つかったのかね」

と、きいてきた。

「ええ、日比谷要蔵さまという美濃の大垣出身の剣術家の方が、あの場所に剣術道場を建てたいと仰っております。天文方の宇田川さまから話を聞いたそうなのですが、それで、旦那に……」

与四郎が続けようとすると、

「なに、構わんよ。借りてくれるのは結構だ」

銀之助は一旦区切り、

「だが、一度、宇田川さまに日比谷さまという方のことをきいて来てはくれぬか。いや、別に疑っているわけではないが、色々とあるからな」

と、重たい声で言った。

「もちろんでございます」

「もし、お前さんが聞いて、悪くなさそうだったら、勝手に進めてもらって構わない。

でも、ちょっとでも引っ掛かることがあれば、教えてくれ」

銀之助は優しい顔で、いつものように言った。

「わかりました」

与四郎は深くきくことなく、その足で浅草天文台へ行った。

正式には頒暦所御用屋敷という。

あまりこの場所に来る用はないが、ここにいる者たちは皆、真面目で、堅苦しいような者たちであった。

与四郎は近くにいた者に声をかけ、宇田川を呼んでもらった。

宇田川は四十過ぎで、髪は薄かった。鼻が高く、どことなく和蘭の血が混じっているのではないかと思えるほどであった。

「久しいのう」

宇田川が堅い顔を僅かに緩めた。

「お久しぶりでございます。実は昨日の夜、日比谷要蔵さまという方がいらっしゃいまして」

「ああ、日比谷殿か。あの『日高屋』のことでだな」

「そうです」

「それで、日比谷のことをききに参ったのか」

「ききに来るというと、なんとも聞こえが悪いですが、銀之助さんが少し気になっているようでして」

「それは無理もない」

　宇田川は嫌な顔をせずに頷いてから、

「日比谷殿は剣の腕は相当のもので、美濃では名が轟いている。尾張徳川家に剣術指南役として迎え入れられる話もあったほどだ」

　と、淡々と言った。

「剣術指南役だったのですか」

「いや、断ったのだ」

「断ったので？」

「昔から江戸に出て、自分の腕を試してみたいという気持ちがあったのだ。それと、その時には東海一と言われた飯村金吾殿にはまだ敵わないからという理由で辞退したのだ」

「たしかに、東海一と言われる剣術家に勝ったので、江戸に出てきたと仰っていました」

「そうであろう。日比谷殿にとっては、これからが勝負なのだ。そのために、まずは道場を開きたいというのであろう」

「そうでございましたか」

「酒も飲まないし、博打もしない。女は嫌いではないとは思うが、遊ぶこともない。ただただ真面目で、信頼のおける人物だ」

宇田川は後押しする。

「なにか今までに失敗したことなどは？」

「全くない」

宇田川は、はっきりと言う。

「それを聞いて安心しました。宇田川さまが仰るのであれば、銀之助さんも安心するでしょう」

与四郎はそう答えて、浅草天文台を後にした。

帰り際に、ある老人と出くわした。葛飾北斎であった。今は画狂老人と名乗っている。小僧の太助と親しくしていたお華という女が、北斎の元で修業をしている。その縁もあって、太助は北斎と何度か会ったことがあるそうだが、与四郎は北斎と挨拶を交わさずに帰った。

お華は日本橋馬喰町の呉服屋『升越』の次女だが、養女である。実の母親は真田家側用人の娘で、父親は元真田藩士だった横瀬左馬之助という浪人だった。

与四郎は大川沿いを歩き、蔵前から浅草橋御門を通り、両国広小路の『武蔵屋』へ行った。

土間に入ると、奉公人が何人もいた。

近くにいた手代風の男に、

「すみません。手前は深川佐賀町の小間物屋『足柄屋』の主人、与四郎と申しますが、こちらにご宿泊の日比谷要蔵さまはいらっしゃいますか」

と、訊ねた。

「少々お待ちを」

手代は上がり框をあがったすぐのところにある階段を伝い、二階へ上がった。そして、すぐに戻ってくると、

「どうぞ、こちらへ。履物はそのままで結構でございますので」

丁寧に日比谷の泊まっている部屋まで案内してくれた。

与四郎はお辞儀をしてから日比谷の正面に座った。日比谷は胸を張って胡坐をかい

ている。

「昨日はありがとうございました。是非、日比谷さまにお借り頂きたく思います」

「そうか。まとまってよかった」

日比谷は少し頰を緩め、

「それで、地代は誰に払えばよいのだ」

と、言った。

「私が代わりに預からせて頂きます」

「そうか」

日比谷は懐から数月分の地代を取り出して渡した。

「こんなに？」

「先に払っておいた方が安心できるだろう」

「お心遣いありがとうございます」

与四郎は頭を下げて受け取った。

「それで、普請を頼みたいのだが、誰かいい棟梁を紹介してくれないか」

「わかりました。腕のいい棟梁がおります」

「そうか。では、頼んでみてくれ。なるたけ早く道場をはじめたいのだ」

「掛かりの目安は？」

「いくらでも構わぬ」

「それでは、声をかけてみますので、少々お待ちください」

与四郎は答えた。

どうして、こんなに裕福なのか疑問に思いながら、きくに聞けなかった。宇田川から話を聞いていなければ、もしかしたら悪い金ではないかとも疑うが、そのような心配は無用だ。

何かの折りにきいてみようと思いながら、『武蔵屋』を出る。

二

両国広小路へ向かう。暖かくなってきて、天気もよかったからか、いつも以上の人の多さである。見世物小屋や、露店が多く出ていて、そこを抜けるのがひと苦労だった。

両国橋までたどり着くと、少しは落ち着く。橋を渡った先の向両国(むこうりょうごく)は、広小路ほどの賑(にぎ)わいではないが、やはり人出はいつもよりあった。人の流れる回向院(えこういん)の方へ行かず、右に曲がり、深川佐賀町に戻った。

そのまま、大工の棟梁、久太郎の家に行った。久太郎の家はこんもりとした植え込みの庭がある二階家であった。

通りに面した戸障子を開けると、広い土間と作業場で、内弟子の若い男が鉋掛けの稽古をしていた。

久太郎の姿はない。

「棟梁は普請場にお出かけですか」

与四郎は内弟子にきいた。

「いえ、奥にいると思います」

礼を言い、与四郎はいったん土間を出て裏にまわった。

与四郎が勝手口から入ると、ちょうど十七、八の華やかな感じの女が出てきた。芸者の晴丸だ。

久太郎の妻は元は辰巳芸者で、それもあって清元を教えており、二階が稽古場になっていた。

昼間には、近所の芸者衆が習いに来て、いつも賑やかだ。

「足柄屋さん、こんにちは」

晴丸がにこやかに挨拶をする。

「いつもお買い上げ下さってありがとうございます」

与四郎は謝辞を述べた。近頃は、たまたま与四郎が荷売りに出ている時にこの女が店に来ることが多く、会ったのはふた月ぶりくらいであった。

「親方を探して？」

「ええ」

「奥の部屋にいらっしゃいましたよ」

晴丸は教えてくれた。

与四郎は勝手に上がって奥に行き、襖(ふすま)が開けっ放しになっている部屋に大工道具を検めている久太郎の姿を見た。

「親方、ちょっと失礼します」

与四郎は部屋に入る。

久太郎は手を止めて、

「おう、与四郎じゃねえか」

と、言った。

「今日は普請場ではなかったので？」

「もう終わったところだ」

「随分と早かったですね」

「簡単なもんだったからな。でも、これから、また他のところに行かなきゃならねえ。ちょうど、良い時に来た」

久太郎は笑顔で言った。

それから、用件はわかってるとばかりに、

「見つかったのか」

と、弾むような声できいた。土地の借り主のことだ。

「ええ。日比谷要蔵さまというお侍さんです。なんでも、美濃の大垣から来た方で、あそこに剣術道場を建てたいと。掛かりはいくらでも構わないと仰っていました。もし、親方が忙しくなければ……」

「そうか。施主の都合で普請が延期になってしまったんだ。別の仕事を入れようとしていたところだ」

「ちょうどよかった。日比谷さまの依頼を請けていただけたら」

「与四郎の頼みとあれば引き受けざるを得まい」

「ほんとうですか。ありがとうございます」

与四郎はほっとして、

「日比谷さまはなるたけ早く道場をはじめたいそうです」

「そうか。なるたけ早くやるが、それでもふた月は見てもらわないとな」

「わかりました。そうお伝えします」

「これも何かの縁だ。数年前に『日高屋』が改修したときだって俺がやったし、元々最初の『日高屋』の工事を請け負ったのは、俺の親父(おやじ)だ。あの場所とは縁があるんだ」

久太郎は当然のように言う。

与四郎は、この日の夜に『武蔵屋』で日比谷と久太郎を引き合わせた。

「日比谷さま、こちらが大工の久太郎親方でございます」

与四郎は紹介した。

「さっそく、動いてもらってかたじけない」

「では、私はこれで」

与四郎は普請の話し合いはふたりでしてもらうことにして、ひとり先に帰った。

『足柄屋』に帰ってきたのは、五つになろうかどうかという頃であった。

裏口から入ろうというときに、白い野良の子犬が見えた。いつも母犬と一緒にいるのに、今日はひとりである。

目を遣ると、子犬は甲高い声で吠える。

「腹が減ってるのか」

与四郎はしゃがんで話しかけた。

犬はしっぽを振りながら、与四郎の膝に両方の前足を乗せてきた。

しばらく構ってから家に入ろうとしたが、子犬は遊び足りないのかさらに足を軽くひっかいてくる。

「おっ母さんが心配するぞ」

与四郎は追い払うように言ったが、子犬はこちらを丸い瞳で見つめて、離れる気配はなかった。

与四郎は台所に行き、置いてあった魚をやった。

子犬は勢いよく食べる。

「ちゃんと、おっ母さんのところに帰るんだぞ」

与四郎はそう言い残して、また家に戻った。

居間に行くと、小里と太助が話し合っていた。ふたりとも、明るい表情で、声も弾んでいた。

「どうしたんだ？」

与四郎がきくと、

「今日お越しになったお客さまのことでお話していたんです」

太助が言う。

「どなたがいらっしゃった？」

「初めてのお客さまなのですが、千住(せんじゅ)の宿屋のお内儀(かみ)さんなんです。こちらに来たついでにと、たまたま寄ったそうなのですが、とてもお話が面白くて。しかも、太助のことを気に入ってくださって、これから小間物はこちらで頼むと仰ってくださったんです」

小里が嬉(うれ)しそうに言う。

「そういう縁は、ちゃんと大切にしなきゃいけませんよ」

与四郎は太助に言って聞かせた。

「へい」

太助は頭を下げる。

「それより、日比谷さまはどうでしたか」

小里がきく。

「ああ、話が早い。親方もすぐに請け負ってくださるって仰っていた」

「それはよかった」

「だが、帰りも少し見てきたが、この辺りには剣術道場がないからな。あまり習おうとする方が多くないのではないかと思ってな」

「どうでしょう。わざわざ、美濃から出てきて、しかも東海一と言われた剣豪を破ってきたという方です。その実力が知れ渡れば、遠くからでも通う門弟は増えるのではないでしょうか」

小里がわかりきったように言う。

「私も、少し剣術を習ってみたいものです」

太助が明るい顔をして言う。

「横瀬さまから習えばいいだろう」

「話はしたのですが、俺には教えることはできないと断られてしまいました」

太助は苦笑いする。

横瀬とはお華の実の父親、横瀬左馬之助のことである。お華は幼いころに日本橋の大店に養女に出された。

「だが、横瀬さまも剣術の腕前は相当なものだという噂だし、あの日比谷さまのお役に立てることがあるかもしれないな。それに、横瀬さまにも悪い話ではないかもしれない」

与四郎は独り言のように言った。

「ただ、横瀬さまはいまちょっと忙しいかもしれません」

「忙しい？」

「ついさっきお会いしたときに、千住の方に行ってきたと仰っていて。先日も千住に行っていたので、向こうの方で何か頼まれ事でもあるのかと思いまして」

太助は教えてくれた。

翌日の明け六つ半（午前七時）過ぎ、与四郎は商いの品を担いで『足柄屋』を出た。

今日は久太郎を訪ねた後に、横瀬のところへ行こうと決めていた。

久太郎の家へいくと、出かける支度をしていた。

「日比谷さまの件、すまなかったな」

久太郎が声をかけてきた。

「いえ、どうなりましたか」

「もうこれからさっそく取り掛かる。ふた月もかからねえかもしれないな。というのも、日比谷さまは豪儀な方で、随分と弾んでくださったので、二十人くれえ雇えるからな」

「二十人も？」

「ああ。その代わり、早く終わらせてくれと仰っていた」

「でも、そんなお足がよくございますね」

つくづく感心した。

「なんでも、向こうにいる時に、名古屋の伊藤次郎左衛門という商人に支援を受けていたんだとか」

「伊藤次郎左衛門……」

与四郎は繰り返した。

「知ってんのか」

「ええ、どこかで耳にした気がします」

少し考えてから、

「あっ」

と、思い出した。

久太郎を改めて見て、

「たしか尾張の豪商ですよ。尾張の徳川さまのお抱えになっている」

と、言った。

そういえば、宇田川が尾張徳川家から剣術指南役の話があったと言っていた。そういうことも関連しているのだろうか。

「じゃあ、さっそく始めるってわけですか」

「ああ、そうなんだ。だが、ちょいと面倒なことがあってな」

久太郎がこめかみを掻く。

「面倒なこと？　日比谷さまが何か」

与四郎はきき返した。

「いや、日比谷さまはなんともねえ。だが、うちのところの若い奴だ」

「誰ですか」

「八郎だ」

「一番若手の？」

「そうだ。どこかのろまな奴だが、仕事は一生懸命にやる。腕もいい。ところが、このひと月近くも顔を出さねえ」

「え？　どういうことで？」

「わからねえ」

「会いに行ってもいねえんですかい」

「何度か行ったが、留守だったんだ。代わりに足の悪い母親が出てきてよ。倅は仕事に行くと言って出て行ったというんだ」

「じゃあ、嘘をついていたんで」

「そうなんだ。あの八郎が嘘をつくってえのは、余程のことに違いねえ」

久太郎は決め付けるように言った。それから、大きくため息をついた。

十歳のときから内弟子として久太郎の家で暮らしていたが、母親が病気になり、その看病もあって親方の家を出ることを許された。今は十九歳だ。

他の大工よりも八郎のことを可愛がっているのは、前々からわかっていた。何かにつけて、八郎が、ということを言う。八郎は気立てが好いので、つい助けてやりたくなるのだ。

「それで、これから八郎のところにまた行こうと思ってよ」

久太郎は不安そうな顔をして言う。

与四郎も一緒に出て、一本目の角で別れた。

両国橋を渡り、横山町の方へ向かった。

路地に入りながら売り声を上げていると、今日はよく声がかかった。常連から、初めての人まで、気持ちいいほどうまく売れた。

昼過ぎには、背負ってきた商品は半分くらいに減っていて、昼過ぎには京橋、芝へ回ったが、そっちでもよく売れた。

八つ半（午後三時）には、商品は残すところひとつのみとなった。

いつも何があってもいいように、高価なものは入れてある。今日は知人の行商人に、京で仕入れてきてもらった漆塗りの簪であった。

こういうものを買ってくれる人は限られてくる。

『足柄屋』の顧客のなかでは、決まって芸者になる。

与四郎は日本橋芳町へ向かった。

芳町は元吉原があった場所で、その後に中村座などの芝居小屋が立ち並んでいる。陰間茶屋が盛んで、若衆と呼ばれる十代の少年が客を取っていた。しかし、女の芸者も数は多くないながらもいる。

与四郎は『菊暦』へ行った。

ここには、以前深川の門前仲町にいた勝栄という芸者がいる。本人は否定しているものの、勝栄は太助の実の母親だ。

それだから、『足柄屋』の商品を買ってくれるわけではないが、ひと月ぶりに顔でも見たくなった。

『菊暦』の裏手に来ると、二階の窓から若い芸者が顔を出していた。勝栄の妹分である。目と目が合うと察したようで、部屋の中に向かって何やら言っている。

それから、少しして勝栄が出てきた。

四十近いが、白くて張りのある肌はもっと若く見えた。

「どうも、ご無沙汰しております」

与四郎が頭を下げる。

「今日は、お前さんなんだね。ついこの間、太助から紅と白粉を買わせてもらったよ」

「ええ、お聞きしております」

「今日は暇で寄ったのかえ」

勝栄がいたずらっぽく言う。わざとではなく、自然とそうなるところが、勝栄の人気の秘訣なのだろう。

「いえ、その逆です。なぜかあっという間に売れてしまったので、もう売るものがこれしかないんです」

　与四郎は簪を取り出した。

「あら、綺麗（きれい）じゃないかえ」

「つい一昨日（おととい）届いたばかりのものでございます」

「ちょっと着けさせてもらいますよ」

　勝栄は手に取り、髪の後ろに挿した。

「どうかしら」

「ええ、やっぱり似合っていますよ」

「そう？　お前さんは褒めることしかしないからね」

「いえ、勝栄さんに褒めること以外はありませんから」

「まったく、困った人だよ。太助も同じような感じだからさ」

　勝栄はどこか嬉しそうにため息をついた。

「太助は姐（ねえ）さんのこと、実の母だと思っていますよ」

「……」

　勝栄は何も言わずに、簪を返してきた。

「とりあえず、こちらはただの紹介ですのでお気に召しましたら、また太助にでも言ってください。届けさせますので」

そして、『菊暦』を後にした。

その日の商いを終えて、『足柄屋』へ帰る途中、急に雨が降って来た。すぐに勢いが激しくなる。もう深川に入っていたが、店まではまだある。

ちょうど、よく行く湯屋(ゆや)が目と鼻の先だったので、駆け込むように入った。

この様子は通り雨なので、そう経(た)たないうちに止むだろう。

軽く体を流して、湯に入ってから、外を覗(のぞ)くとちょうど雨が止んだところだった。

帰ろうとした時、

「与四郎」

後ろから声をかけられた。

振り向くと、温まって顔がほんのり赤くなっている久太郎の姿があった。

「ちょうどよかった。今朝のことで、お前さんにまた話してえと思っていたんだ」

「八郎のことですか」

「ああ」

久太郎は頷く。

ふたりは二階の広間に移動した。そこでは男どもが酒を呑んで騒いでいたり、囲碁や将棋をしている者までいた。

近所の者たちばかりでどれも知った顔だが、近づいてくる者はいなかった。

端の方に腰を下ろし、

「聞いてくれ」

と、久太郎は胡座をかいて身を乗り出すように言った。

「八郎の奴、今朝は熱があるようで横になっていたんだ。久しぶりに会って、どうして来ないのか問い詰めてみたら何て言ったと思う？」

久太郎の声がどこか呆れるようであった。

「大工が嫌になったとか？」

「いや、それなら俺だって無理やり、仕事をやらせようとは思わねえ。なんでも金槌をなくしちまったって」

久太郎はため息をついた。

「なくした？　それでは、新しいものを買えば」

「いや、あいつはおっ母さんの面倒も見ている。そっちにも金をいくらか使わないといけねえんで、金槌を買うほど余裕がなかったようだ」

「そんなに大変なんですか」

いつもぼんやりしているが、しっかりしているところもある。そんな一面を知ると、久太郎が八郎のことを心配する気持ちも余計にわかる気がした。

「でも、金槌をなくしたんだったら、親方のところで借りるなり、何なりすればよかったのではないですかね」

与四郎は言い返す。

「そうなんだ。だが、俺はあいつが内弟子のときからいつも口を酸っぱくして言っていた。大工道具を粗末にする奴は大工として失格だとな。それがあるから、俺が怖くて顔を出せなかったのだろう」

久太郎はため息をついた。

「つまり、金槌をなくしたことで大工の資格はないと」

「ああ、あの野郎はまったく……」

久太郎は悔しがるように、ため息をついた。

「その間、大工以外の仕事をしていたってわけですか」

「そうみたいだ。詳しくは聞いていねえが、あいつが出来る仕事となると、力仕事くれえしかねえ。それで、なんとか暮らしを立てていたんだろう」

久太郎のため息が絶えない。

「でも、八郎も腕はいいんだから、大工をやっていた方が実入りはいいでしょう」

「ああ、四、五日働けばそれなりの金は入ってくるんだ」

「それなのに……」

つくづくもったいないと思いながらも、

「これから、金槌なしでどうするので？」

と、きいた。

「俺が金槌をやることにした。若い頃に使っていた物だが、悪くねえ代物だ」

「じゃあ、もう仕事に出られるんですね」

「ようやくだ」

久太郎はそう答えてから、

「もっと早く気づいてやればよかった」

と、悔いるように言った。

「やっぱり、親方は情け深い」

与四郎は頷いた。

「情けってもんじゃねえ。あいつがいねえと俺が困るからやるまでのことよ」

久太郎は褒められるのがむずがゆいのか、肩をわずかに揺らして答えた。いつもの、褒められた時の癖であった。

「まあ、あいつがこれからしっかりと働いてくれればいいだけのこった」

久太郎は気を引き締めなおすように言った。

三

翌日の昼過ぎ、『日高屋』の主人、銀之助が『足柄屋』にやって来た。土産に近所からおすそ分けでもらった野菜を持って来てくれた。

「今年は野菜の値が上がっているので、助かります」

小里は世辞ではなく、素直に喜んでいた。

たしかに、野菜は値上がりしていた。あまり雨が降らずに水不足となっているからだと、よく来る野菜の棒手振りは言っていた。地方に仕事で行く者の話だと、東北などではもっとひどく、田植えが出来ない地域もあるらしい。

このまま続けば、米や野菜などが足りなくなることは必然だそうだ。

「日比谷さまの件はうまく進んでいるか」

銀之助がきいた。

「ええ、久太郎親方が工事を請け負ってくださるとのことで」

「やはり、親方はあの場所に縁があるんだな」

「自分の仕事だと張り切っていました」

「そうだろうな」

銀之助は笑顔で言ってから、

「ところで、あの火事のことなんだが……」

と、低く重たい声を出した。

「はい」

与四郎は頷く。

「同心の今泉さまがやってきて、あの時のことをもう一度おききになった」

「またやってきたのですか」

与四郎はきく。もう調べは済んだはずなのに、まだ何かあるのか。

少し嫌な気配がした。

「たまたま近くを通りがかったのでと言っていて、岡っ引きも付いていなかったんだが、お泊まりになった勝山正太郎さまのことをやたらときいてきたんだ」

「でも、前にもお話しになったのでは？」

「ああ、同じことしか話せないと言ったのだが、もう一度おききになった」

「それで、今泉さまはなんと？」

「何か思いを巡らせているようだったが、あの勝山さまに何かの嫌疑がかかっているのかもしれぬ」

「嫌疑？」

「お泊まりになるときに少し話をしたが、あの方は方々を回られているようなんだ。江戸に来る前は長崎の出島に行ってきて、この後は仙台へ行くと仰っていた。医者であるのに、そのように方々を駆け巡っているとなると、何かあるのではと思ってな……」

銀之助の声が尻すぼみになった。

面倒なことにならなければよいが、という言葉が続きそうであった。

「今泉さまは勝山さまのことを怪しいと仰っていたのですか」

「いや、そこまでは言っていない。だが、疑うようなきき方だった」

銀之助が顔をしかめる。

「しかし」

与四郎は呼び止めるように言い、

「仮に勝山さまに何か問題があったとしても、『日高屋』にも旦那にも、何ら問題はないのではないでしょうか」

「後味が悪いじゃないか。それに、もし勝山さまに疑いがあるとすれば、ただの火事ではないってことも……」

銀之助の声が重くなった。

「頭に打撲を負っていたのでしたよね」

「そうだ」

「もしや、殺されたとでも？」

「今泉さまはそこまでは言っていないが、わからない」

銀之助は用心するように言い、

「もしかしたら、お前さんのところにも今泉さまが話をききに来るかもしれない。お前さんは何も知らないだろうから、知らないとだけ言っておけば済むだろう」

と、付け加えた。

翌日の夕方、与四郎は町内の男衆の集いで、料理茶屋の二階へ来ていた。

いつもであれば、『日高屋』の主人銀之助もいるが、日暮里からはさすがにやってこなかった。

銀之助は町内の世話役も担っていたので、皆残念がっていたが、その分与四郎に期待が向けられていた。

「お前さんなら、人柄もいいし、誰にも嫌われねえ」

ある者が言った。それに反対する声はなかった。

ふと、久太郎を見ると、どこか顔が暗い。

集いが終わり、店の外に出てから、久太郎に声をかけた。周りには運よく人はいなかった。

「親方、そんな暗い顔をしてどうしたんです？　八郎のことですか」

与四郎はきいた。

久太郎の顔をよく見ると、目の周りに隈があった。

「まあ、あいつも関わっているかもしれねえ」

久太郎は周りを見てから答え、

「昨日、『日高屋』の旦那に会ったんだ。お前さんのところの帰りで、俺が日比谷さまの道場の件を引き受けているからってわざわざ来てくれたんだ」

と、言った。

それから、さらに続ける。

「今泉さまが火事のことで、旦那のところを訪ねたことを聞いて、ぎょっとしたんだ」

久太郎は恐ろしいものを見たような顔になった。

「と、いいますと？」

与四郎がきき返した。

「もし、勝山さまっていう医者が火事で死んだんじゃなくて、その前に殺されていたらと思ったんだ」

「ええ」

与四郎は相槌を打つ。そのことは昨日も考えた。

だが、久太郎がそこまで心配することかとも思った。

久太郎の顔をじっと見ると、

「じつは、八郎のことを思い出した」

「どうしてです？」

「金槌をなくしたって言っただろう」

「ええ」

「勝山さまには、頭に打撲の痕があった」

「まさか、八郎がやったとでも？」

与四郎は目を見開いた。

「いや……」

久太郎が口ごもる。いくらなんでも、こじつけすぎではないか。あの八郎が何ら関係もなさそうに思える者を殺すとは思えない。

「だが、八郎が仕事に来なくなったのが、あの火事の翌日からなんだ」

「偶然かもしれませんよ」

「そうだといいんだが……」

久太郎は肩に錘(おもり)が載っているかのように、項垂(うなだ)れていた。

太いため息が漏れる。

「そんなに心配なら、当人に問い詰めてみるしかありません」

与四郎は厳しい声で言った。

「そうだよな」

「親方が無理なら、私が代わりにやりましょうか」

「……」

久太郎は俯き加減に黙り込んだ。

目だけが左右に動く。

少しして、顔を上げた。

「八郎はそんな奴じゃねえと思っている。だが、俺はどうも気が向かねえ。頼まれてくれるか」

大げさにも、久太郎は両手をついて頭を下げた。

「もちろんでございます。さっそく、きいてみます」

「すまねえ」

久太郎は苦い顔で言った。

与四郎はあまりに追い込まれたような顔をしている久太郎を不憫に思いながら、八郎の暮らす裏長屋まで行った。

腰高障子の奥に灯りが見える。影がふたつ映っていた。

「ごめんくださいまし」

与四郎は戸を開けた。

中で飯を食べている八郎と母親の姿が見えた。

母親は片方の足を放りだすように座り、与四郎を見るなり、箸と茶碗を置き、姿勢を正そうとしていた。

「いえ、そのままで。すみません。夕餉の最中に」

与四郎は母親に言った。母親は申し訳なさそうに頭を下げる。

「あと四半刻（約三十分）ほどしたらまた来ます」

与四郎はそう言い、引き返しかけると、八郎が声をかけた。

「与四郎さん。あっしに何か」

「ああ、ちょっとな。食べ終わったら、来てくれるか。外にいるから」

与四郎は土間を出た。

井戸の近くで待っていると、八郎が出てきた。

八郎は蒼い顔で近づいてきた。用件に想像がついたようだ。

「親方を心配させたらいけませんよ」

与四郎はまずそう言ってから、

「お前さん、金槌をどこかでなくしたそうだな」

と、訊ねた。

「へえ。そそっかしいもんで」

「それで、ひと月もの間、仕事には出られなかったそうだな」

「……、はい」

叱られていると思ったのか、しゅんとしている。

「その間、よくおっ母さんと二人分の暮らしにかかる金を工面できたな」

「大工はできませんが、ちょっと知り合いのところで働いていたんで」

「知り合い？」

与四郎はきき返した。

「はい」

八郎は気まずそうに頷く。

「お前さんに、そんな知り合いがいたのか」

「はい、ちょっと昔お世話になったひとで」

「深川の方か」

「え、ええ……」

「そうか。なら、私も知っている方か」

「いえ、足柄屋さんはご存じないかもしれません」

「どなただ？」

「……」

「どうした、言えないのか」

与四郎は穏やかな口調で言った。

八郎はおどおどしている。

「で、金槌はまだ出てこないのか」

「どこを探しても……」

「金槌なんて落としたら気づきそうなものだ」

「もしかしたら、どこかに置き忘れたのかもしれません」

「どこかって？」

「あっしが行くとしたら、仕事終わりに湯屋とか……」

八郎は考えながら言う。

「ちゃんと、店のひとにきいたのか」

「はい。でも、見ていないって言われて。わざわざ金槌を盗むひとはいないと思うんですが」

八郎は首を傾げる。

与四郎は八郎の目を真っすぐに見てから、

「お前さんを疑っているわけじゃないが、『日高屋』の火事を知っているね」

と、口にした。

「はい」

八郎は小さく答える。

「あの火事で亡くなった勝山正太郎さまという医者は頭に打撲の痕があったようだ。それに、お前さんが金槌をなくして、仕事に来なくなったのが、その次の日からだそうじゃないか」

与四郎は淡々と言う。

「あっしを疑っているんですか」

八郎の声が裏返った。

「いや、だから疑っていないと先に言っておいたじゃないか。お前さんがそんな人間じゃないことくらい、町内の者だったら誰だって知っている。だが、いま同心の今泉さまが火事のことを再び調べている。そうなると、お前さんにも疑いの目が向けられるかもしれない。親方はそれを心配しているんだ」

与四郎は不安がらせないためにも、少し付け加えて話した。

「それに、おまえさんの失くした金槌が誰かの手に渡って、それが凶器に……」

八郎は俯いて少し考えてから、

「あっしは何も知りません。その金槌も、本当になんでなくなったかわからねえんです」

と、今にも泣き出しそうな顔をする。

さらに続けて、

「親方は、あっしを疑っているんですか?」

と、身を乗り出すようにきいてきた。

「いや」

与四郎は短く首を横に振る。

「そうじゃないが」

「でも、わざわざ足柄屋さんがここに来るってことは……」

「それは私が勝手に来ただけだ。親方はそのことで、少し心配していた」

与四郎は、はっきり言い、

「私はお前さんの言葉を信じるよ」

「……」

「明日の朝仕事で親方に会うときには、自分はあの火事と全く関係がないってことを伝えなさい」

と、目を見て伝えた。

八郎の目にはまだ不安そうな様子が残りながらも、

「そうします」

と、小さな声で答えた。

与四郎は裏長屋を後にした。

八郎は与四郎が長屋木戸を出るまで、家には入らず見送っていた。どこか不安げな目が、もしかしたら助けを求めているのではないかとさえも思えた。

四

それから数日が経った。

ちょくちょく『日高屋』の跡地を覗いていると、大工が二十人も揃(そろ)っているだけあって、進捗(しんちょく)が早かった。

あの八郎の姿もあった。普段はぼーっとした顔をしているが、真剣そのものであった。手の動きは誰よりも早い。

ちょうど、少し離れたところで、日比谷も普請の様子を眺めていた。

与四郎は近づいて、

「日比谷さま。いかがですか」

と、様子を窺(うかが)った。

「ああ、お前のおかげでだいぶ順調にいきそうだ」

日比谷は相変わらず堅い口調であったが、顔の表情は心なしか柔らかくなっていた気がした。

「それはようございました。もし、他にも手伝えることがあれば仰ってください」

「ああ、そうだ。この辺りで剣術の腕が立つ者を知らぬか。道場を手伝ってもらいたいと思っているのだが」

やはり、そう来ると思っていた。

「少し足を不自由にしていますが、なかなか剣の腕前が好い御浪人がいらっしゃいます」

与四郎は商品を勧めるよりも丁寧に言った。

「ほう、なんという男だ？」

「横瀬左馬之助さまという、元は松代藩にいらっしゃった方です」

「真田さまのところか」

日比谷は考えるように言い、

「もしかしたら、頼むかもしれぬ」

「ええ、横瀬さまもお喜びになると思います」

「横瀬左馬之助と言ったな」

日比谷が確かめた。

与四郎が頷くと、久太郎が屋根から降りてきた。

「いやいや、どうも」

清々しい笑顔で寄ってくる。

「お前の腕は大したものだ」

日比谷が堅い顔のまま褒めた。

「ありがとうございます。うちには腕のよいのが揃ってますんで」

久太郎が嬉しそうに答える。

「あの者」

日比谷が足場の近くにいる八郎を指した。

「八郎といいますが、どうなさったので？」

久太郎は少し不安そうな顔つきになった。

「いや、なかなか見どころがある」

「ええ、そうなんでございます。のろまなんですが、なかなか腕はよくって」

「だが、気をつけた方がいい」

「え？」

「心ここにあらずという感じだ。何か深い悩みがあるのかもしれない」

日比谷が指摘した。

「まさか」

久太郎は笑い飛ばす。

日比谷は与四郎に顔を向けて、

「そうは思わぬか」

と、きいてきた。

「いえ、私にはよくわかりません」

与四郎は首を傾げた。

実際にわからなかった。

「俺の思い違いならいいが」

日比谷はそう言って、その場を離れて行った。

日比谷の後ろ姿が見えなくなってから、

「与四郎、ちょっと今日の夜、うちに来てくれねえか」

久太郎が低い声で誘った。眼差しも厳しかった。

「ええ、伺わせていただきます」

与四郎は答えた。

「暮れ六つ半（午後七時）を過ぎていたら、いつでも構わねえから」

久太郎はまた普請場に戻って行った。

与四郎は『足柄屋』に帰った。


暮れ六つ半になった。『足柄屋』を出ると、あの白い野良の子犬が立っていた。与四郎を見るなり、しっぽを振る。辺りを見渡しても、母犬の姿はなかった。

「また餌をくれると思ってきたのか」

与四郎が言った。

子犬が近づいてくる。

「あとでやるから、ちょっと待っていておくれ」

与四郎はそう言い、久太郎のところへ行った。

裏口から入って、二階へ上がる。

開けっぱなしの襖の前で、

「親方、失礼します」

と、中に入った。

酒が用意されていた。与四郎があまり飲まないのを知ってか、盆の上には猪口はふたつだが、小さな徳利一つしかなかった。

「閉めてくれ」

久太郎は珍しくそう言った。

色の黒い顔に、思慮深い皺が刻まれている。

与四郎は言われた通りにして、正面に腰を下ろした。

「八郎のことで……」

与四郎が言おうとしたところ、

「先に一杯飲もう」

と、伏せてあった猪口をひっくり返した。

そこに注いで、与四郎に渡す。

「いつもと様子が違いますね」

与四郎が小さな声で言い、酒に口をつける。

久太郎は一気に呑んだが、与四郎が注ごうとしたのを断った。

「日比谷先生は大したものだ。あの方は只者ではねえ」

「八郎のことですか」

「ああ。あいつは気丈に振る舞っているが、先生がおっしゃる通り、気が入ってなかった。仕事の出来栄えは悪くはねえが、まだ何か悩んでいることがありそうだ」

そう言う久太郎の声にも、どこか悩みの種が潜んでいそうであった。

「あの後、八郎は弁明しませんでしたか？」

「いや、お前さんから聞かされたとかで、『日高屋』の火事とは何にも関係がないと言っていた」

「でも、親方はまだ疑っているので？」

「あいつがどうこうってこともあるが」

久太郎はそこでひと息吸ってから、

「この前、千恵蔵親分がやって来たんだ」

と、言った。

「どうして、千恵蔵親分が？」

与四郎の声が低くなった。

千恵蔵は浅草今戸町に住む元岡っ引きで、いまは寺子屋で子どもたちに読み書き算盤を教えている。岡っ引きだった名残から未だに親分と呼ばれて慕われている。

『足柄屋』にもよく来て、なにかと小里の心配をしたり、親切にしてくれる。

与四郎はありがたく思いつつも、千恵蔵が何でそこまで親切にしてくれるのか、不気味に思うことも多々あった。

「親分も『日高屋』のことを調べているみたいなんだ」

「やっぱり探索は終わっていないので……」

「わからねえ」

「千恵蔵親分はもう岡っ引きでもないのに……」

与四郎は首を傾げた。

しばしば厄介ごとなどを引き受けている。

今回もそうなのかもしれないが、

「なんて聞かれたのですか」

与四郎はきいた。

「勝山正太郎って医者を知らねえかってことと、火事の起こった日に何か怪しい者などを見なかったかってことだ」

「そのふたつですか」

「そうだ。俺がどちらも知らねえと答えたら、根掘り葉掘りきくこともなく、すぐに帰って行った。でも、そのあと、お隣さんのところへ聞いて回ったそうだから、こりゃ何かあるに違いねえ」

久太郎は決め込む。

顔は険しい。言葉も息が漏れるようで、不安さが伝わって来た。

「あの金槌のことは？」

「言っていねえ」

久太郎が首を横に振り、

「言った方がいいと思いつつも、どうしても口に出せなかったんだ」

と、後ろめたい気持ちがあるようだった。

「でも、金槌のことは親方が疑いすぎなんですよ。私が八郎に問いただしたときも、

『日高屋』とは関係ありません、と私の目をしっかりと見て答えていましたから」

与四郎が答えた。

「そりゃあ……」

久太郎が大きくため息をついた。

「親方らしくありませんよ」

与四郎は首を傾げた。

「八郎のことになると、なぜかそうなんだ」

「信じてやってください」

「お前さんだって、太助のことは可愛くて心配だろう」

「まあ、実の子どものような感じを抱きますが」

それとこれとは別物だ。与四郎は言いたかったが、留(とど)めておいた。

「千恵蔵親分が来たのは、その一回だけですか」

「ああ」

「そうですか。私のところには、まだ来ていないんですけどね」

「お前さんのところは少し離れているからなのかもしれねえ」

「でも、八郎のところには行っていますかね」

「あいつに聞いたら、来たって言ってた」

「それで、どうしたんですかね」

「俺と同じで、何もわからねえと答えると、すぐに帰って行ったっていうんだが……。俺がこんなに疑いたくなるくれえだ。あの親分だったら、八郎をおかしいと思っているかもしれねえ」

久太郎の目がさらにきつくなり、

「千恵蔵親分がまだ探索するっていうのが……」

と、舌打ちをした。

誰かに頼まれたのだろうか。考えられるとしたら、千恵蔵の元手下で、いまは鳥越にいる岡っ引きの新太郎だ。だが、新太郎は深川の方は縄張りではない。

「でも、私が八郎を問い詰めたときにも、何か話せない事情があるようには受け取りましたが、『日高屋』のことではないような気もするんです」

与四郎はなだめる。

「俺もそう思いてえが」

久太郎は眉根を顰めた。

与四郎はそれから久太郎の心を落ち着かせるように話してから、久太郎の家を出た。

五

二月にしては珍しく、やけに肌寒い風が吹いている。

どこからか新内の声が聞こえてきていた。

『足柄屋』の裏口へ行くと、あの白い野良の子犬がこちらに背中を向けて立っていた。

子犬の目の前には、太助がいる。

餌をやっているようだった。

「あ、旦那さま」

太助は頭を下げた。どこか気まずそうな顔をした。

「お前もこいつに好かれているのか」

与四郎がしゃがみ込んで触りながら、

「いつもお前が餌をやっているから、私のところにもくるのか」

と、ひとりで合点した。

「母犬を最近見ないな」

与四郎は太助に言った。

「もしかしたら、死んでしまったのかもしれません」

太助は悲しそうな声で言う。

「そうか」

与四郎は言葉に迷った。

「それより、ちょっとききたいことがある」

「なんでしょう」

「大工の八郎のことだが」

八郎は太助の友だちである。

「何かありましたか」

「いや、話せば長くなるが……」

与四郎は大雑把に事情を話した。

「ということは、八郎さんが殺したと親分に疑われているので？」

「まだそこまでいっていない。おそらく、勝山さまに何か不審な点があったから、もう一度調べ直しているだけだろう」

「それだったら、岡っ引きが出てくるんじゃないですか。どうして、親分が……」

太助が首を傾げる。

「うむ、私も同じことを思っていた。ともかく、八郎に不可解な点さえなければ、仮に探索が再開していたとしても、問題はあるまい」

「ですが、旦那さま」

太助が奥歯に物が挟まったような言い方をする。

「何かあるのか」

与四郎は、すかさずきいた。

「私も確かなことはわかりませんが……」

「なんだ」

「ちょっと、八郎さんに迷惑がかかったら嫌なので、親分には言わないでくださいよ」

太助が先に断った。

「ああ」

与四郎はとりあえず頷く。

「この間、八郎さんがあの厄介者と一緒にいるところを見たんです」

「厄介者というと？」

「北次郎ですよ」

太助は声を小さくした。

「北次郎っていえば、あの乾物屋の倅だな」

永代寺門前町に店を構える『深川屋』の二十四歳になる倅で、見てくれは良家の倅という感じだが、親分肌で慕っている弟分も多い。

初めは賭場に出入りしているというだけだったが、そのうち、自分で開くようになったという。その時に、この一帯を縄張りとするやくざの許可を得ないでやったというので、ちょっとしたいざこざになった。

それを収めたのも、千恵蔵であった。

太助が千恵蔵に相談に行き、顔の利く千恵蔵が間に入った。

そういうこともあり、北次郎の行動があまりに度が過ぎているので、父親から勘当された。しかし、金に困るどころか、むしろ前よりも豪儀な暮らしをしている。何か悪いことをしているに違いないと、町内の集まりでも話題に上がるほどだったが、皆その実を知らなかった。

「それで、北次郎とは何をしていたんだ」

「わかりません。ちょうど、別れ際を見かけて、八郎さんに聞いても何も答えてくれないんです」

「まさか、あいつから仕事を？」

　与四郎は、ふと思った。

　仕事に出ていなかった間、どこかで他の仕事をしていた。それがどこなのかきいても答えてくれない。言いたくないようであった。

　太助も、おやという顔をしている。

「何か思い当たる節でもあるのか」

　与四郎はきいた。

「ふた月くらい前のことなんですけど、北次郎から金をもらっているところを見たことがあるんです」

「金をもらうだと？」

「八郎さんは貸していた金だっていうんですが、元々北次郎と八郎さんにつながりはないように思えるんです。それに、八郎さんは母親の面倒も見ているので、人に貸すだけの金が手元にあるはずがねえんです」

「たしかに、おかしいな」

「でも、金を取られているわけではないからいいかと思ってしまって、今まで忘れていたんですが」

太助が考え込むように言った。

「八郎の悩みの北次郎か」

与四郎は独り言のように呟いた。

路地から季節外れの冷たい風が吹きすさぶ。

「皆さんが心配するのもわかりますが、あの八郎さんが変なことをするはずがありません」

太助は言い切った。

変なことというのが、何を指しているのかもわからない。

「まあ、八郎のことで何かわかれば教えてくれ。私も妙な疑いをかけているわけではないが、親方を安心させてやりたいんだ。何より、北次郎と関わっているんだったら、早く手を切ってもらわないとあいつの為にもならない」

与四郎はそう言ってから、太助の肩を軽く叩き、家の中に入った。

その時、突然、子犬が入って来た。

「おい、いけませんよ」

太助が外に出そうとすると、子犬が寂しそうな目でこっちを見てくる。

「旦那さま」

太助が言った。

「なんだね」

「この犬、うちで飼ってはいけませんか」

「なんだって？」

「世話はちゃんとしますから」

太助は真剣に頼み込む。

「私は構わないが、小里にきいてからにしなさい」

与四郎は小里に任せることにした。

すると、太助は奥に行って、すぐに小里と一緒にやって来た。

「お前さん、おかえりなさい」

小里がにこりと言う。

「太助がこいつを飼いたいというんだ」

「いつもうちの前にいる子犬ね」

小里は子犬を見ながら、自然と頰が緩んでいた。

一緒に出かけるときにも、猫や犬がいると、微笑ましそうに見ていることがあった。

動物が好きなことに違いはないだろうが、今までに犬を飼うなどと口にすることはなかった。

「最近、お前が餌をやっているからだろう」

与四郎が太助に言う。

「はい。でも、母犬がいなくなってから、自力で餌が取れないからか弱っていたんです。だから、つい……」

太助は与四郎ではなく、子犬を見ながら答えた。

三人とも、子犬を見ていた。

「でも、家の中に閉じ込めておくつもりかい。この子だって、外を自由に歩きたいだろうに」

小里が言う。

「ずっと、うちの庭とか茂みに隠れているんです。もしかしたら、何かに怯えているのかもしれません」

「怯えているって？」

「母犬がいなくなったのが、もしかしたらこの辺りの他の野良犬にやられたからかもしれないんです」

太助が急に沈んだ声で言い、

「たしかな証があるわけではないんですけど」

と、付け加えた。

小里は黙りながら、子犬を見つめていた。

「可哀想だな」

与四郎がぽつりと言うと、

「そうね、ちゃんと世話をするっていうなら」

小里が答える。

「本当ですか？　ありがとうございます」

「ちゃんと、躾けるんですよ」

与四郎は言いつけた。

「はい。もしかしたら、八郎さんも元気が出るかもしれません」

「八郎が？」

「あのひとも動物が大好きなので。この子犬の母親のことも気に入っていて……」

太助がそう言いながら、急に考えこむように険しい表情をした。

「どうしたんだ」

与四郎がきく。

「いえ、八郎さんが元気がない理由っていうのが、もしかしたらこの母犬がいなくなったからじゃないかと思っていたんです。でも、今になれば北次郎のせいかもと考えますが」

「悪いことが重なって、余計に気が沈んでいるのかもしれません。八郎なら、そういうこともあり得そうじゃないかえ」

小里も頷いていた。

それから、すぐに家に戻って、早めに就寝した。

次の日の朝、寝床を出て一階へ下りると、勝手口から犬の鳴き声がした。行ってみると、あの子犬が太助に餌を催促していた。

「シロ、シロ、ちゃんとお座りしないといけませんよ」

太助が子犬に向かって躾けていた。

与四郎が後ろから声をかける。

「シロって名付けたのか」

太助が振り返り、

「ええ、見た目通りですが」

「わかりやすくていいじゃないか」

「旦那さま、見てください」

太助が喜々として、

「シロ、お座り」

と、言った。

するとシロはその通りにした。

「どうです？　結構利口な犬でしょう」

「こんなに早く躾けられるものなんだな」

「実は飼う前から教えていたんですが、なかなかやってくれなくて。それで、今朝になってようやくやってくれたんです」

太助が撫でながら言う。

「今日はお前さんが荷売りに出るかい」

与四郎はきいた。

「ええ、そうさせて頂きます。あ、でも、シロの世話が」

「私と小里でやるから気にしなくていい」

「ありがとうございます。では、支度して行ってきます」

太助は名残惜しそうにシロと別れて、店の間の方に去って行った。

昼過ぎだった。

与四郎は客足が途絶えたのを見計らい、店を小里に任せて家を出て、横瀬の暮らす裏長屋へ向かった。

もしかしたら出ているかもしれないと思いながら腰高障子を開けてみた。横瀬は四畳半で、傘の張り地を替える内職をしていた。

手先はまるで職人のように器用であった。

横瀬は顔を上げ、与四郎の顔を見るなり笑顔を見せた。初めて会ったときに比べたら、だいぶ気が打ち解けてきた。

「ご無沙汰しております」

「最後に会ってから、十日も経っていないではないか」

「そうですが、前回はほんの少ししかお話できませんでしたから」

「まあ、そうだな。お前さんは相変わらず忙しそうだな」

「いえ、貧乏暇なしというもので」

「貧乏っていうのは、俺のようなことを言うのだ」

「いえ、横瀬さまはもう少し金になりそうなお仕事をすればよろしいものを」

「こんな浪人の元に仕官の話もなければ、かといって用心棒もできない」

「剣の腕は衰えていらっしゃらないのでしょう」

「腕には自信があるが、手足が痺れる持病があるのでな」

「以前、どこかへ剣術を教えに行っていたではありませんか」

「その道場はもう潰れた。門弟が少なかったからな」

「左様でございましたか」

「今日はどうした。そんな俺のつまらぬ身の上のことなどきいて」

横瀬がどこか鋭い目つきをした。

「いえ、実は『日高屋』の跡地に剣術道場を作っていまして、日比谷要蔵さまという方なのですが」

「日比谷要蔵？　はて、どこかで聞いたことがあるような気もしなくはないが……」

横瀬は首を傾げた。

「日比谷さまはつい先日まで美濃の大垣にいらっしゃったそうですが、なんでも東海一といわれる剣の達人を倒したらしいのです」

「東海一といえば、いまは誰だろうな。辰巳経四郎や東山月光斎などだろうか」

　横瀬は考えだした。

「えーと、私も名前を聞いたのですが、忘れてしまいまして。ただ、日比谷さまは尾張徳川家からもお声がかかるような方だそうです」

「だが、尾張で仕えていないのか」

「江戸に出て、自分の名声を高めたいとのことで」

　与四郎が言うと、

「ほう、それはだいぶ面白そうな者だな」

　横瀬は少し頬を綻(ほころ)ばせた。

「それで、道場の手伝いをしてもらえる方がいて欲しいということでしたが、もし横瀬さまが宜(よろ)しければいかがでしょう」

「俺は持病が……」

「でも、いつも手足が痺れているわけではないでしょう。調子のよいときに、教えたり、お手伝い程度であれば」

「そうだな。せっかく、お前さんが持ってきた話だ。それに、お前さんが言うくらいなんだったら、日比谷殿というのは悪い方ではなかろう」

「ええ、それはちゃんとしたお方です」

「それなら、会わせてもらおう。だが、この内職を明後日までに終わらせなければならぬから、それ以降でもよいか」

「はい、もちろんにございます」

与四郎は頷いた。

そして、三日後。

与四郎は『武蔵屋』に横瀬と共に行き、日比谷に会わせた。

日比谷は折目正しく挨拶をしてから、

「与四郎から貴殿の話をお聞きして、真田家の知り合いに色々と伺いました」

「ほう、どなたでございますかな」

「中山勘六(なかやまかんろく)殿でござる」

「中山殿とは長屋も隣で親しくしておりました」

「そのようでございますね。先生の腕は確かだとお聞きしておりますが、ぜひ一度その腕前を見せては頂けませぬか」

「大した腕ではございませぬが」

「またご謙遜(けんそん)を」

日比谷の目は真剣そのものであった。

横瀬はわざと目を逸らすように、

「お手柔らかに」

と、頭を下げた。

「拙者の道場でと行きたいところですが、まだ完成は先です。せっかくお越しくださったので、こちらの庭でいかがでしょうな」

日比谷が誘う。

「構いませぬ」

横瀬は落ち着いた声で答えた。

今まで横瀬の剣の腕前は見たことがない。しかし、この落ち着きからして、その辺りの道場主よりは強いだろうと勝手に思っていた。

「私も拝見させて頂いてよろしいでしょうか」

与四郎はきいた。

「無論」

日比谷が頷く。

「恥ずかしいが、かまわぬ」

横瀬も承諾した。

一同は部屋を出て、一階へ降りる。

日比谷はすでにここの主人と話を付けていたのか、すぐさま裏庭に案内された。

新しい木刀がふたつ揃っていた。

「さあ、どちらでもお好きな方を」

日比谷が言った。

横瀬は迷うことなく、手元に近い方を取った。続けて、日比谷が余りを取る。

「では、与四郎。お主が声をかけてくれ」

日比谷が指示した。

「はい」

横瀬を見ると、正眼の構えだった。

日比谷は上段の構え。

構えで勝負はすでに決まるというけれど、剣術をよく知らない与四郎は、見ただけではわからなかった。

しばらく睨(にら)み合いが続いた。

横瀬の目は冷静であったのに対し、日比谷の目は燃えていた。

だが、どちらも微塵(みじん)も動かない。

日比谷が少しでも動こうとするなり、横瀬は目にぐっと力を入れて、日比谷の動きを封じ込めた。

それからも睨み合いが続いた。

この勝負、先に動いた方が負けなのか。

やがて、日比谷が木刀を下ろした。

「先生、参りました」

日比谷が頭を下げる。

「引き分けですな」

横瀬も構えを解いた。

「いえ、拙者の負けです」

日比谷が平身低頭で言う。

「なんの」

横瀬は首を横に振る。

傍(はた)から見れば、譲り合いのようなことが少しの間続いた。

決着が付かないと見えたのか、

「ともかく、日比谷先生」

「拙者を先生などとは止してくだされ」

「いえ。道場主になれば立派な先生です。それに東海一の御仁を倒しただけのことはござる」

横瀬は讃えてから、

「拙者は先生のもとで手伝わせてもらえますかな」

と、きいた。

「ええ、横瀬先生に来ていただければ、どんなに心強いことか」

「では、よろしくお願い致す」

横瀬は頷き、与四郎と共に辞去した。

佐賀町への帰り道、

「不思議な勝負でした」

与四郎は正直に口にした。

「戦わなかったことか」

「はい」

「あれは日比谷先生が俺のことを過大に見ていたからだ」

「過大に？」

「中山殿から俺のことを聞いていたと言っただろう」

「ええ」

「中山殿といえば、真田家一の剣の達人と言われた者だ。俺は中山殿と試合をして勝ったことがある。中山殿は唯一、俺が苦手だったのだ。実力では向こうが優っている」

「しかし、今日の立ち合いの時に見せた気迫も相当なものでした」

「歳はとっても、浪人に落ちぶれても、まだ武士の心根だけは残っている」

横瀬は軽く笑った。

「では、横瀬さまから見て、日比谷さまは？」

「腕前のことか」

「はい」

「相当なものだと思う。強い者でなければ、あの立ち合いの時に睨み合ったまま参りましたと言うはずがない」

横瀬は深く頷いてから、

「だが、先生はまだまだ若い。そこは俺が付いて、しっかり見守ろう」

と、自分に言い聞かせるように言った。

そんな話をしているうちに、両国橋を渡り、深川に入った。

第二章　蘭学仲間

一

その日の夜だった。

与四郎が帳場で勘定をしていると、裏口でシロが鳴いた。誰(だれ)かが呼んでいる声がして、すぐに太助がやってきた。

「旦那(だんな)さま、親方がやってきています」

「そうか。じゃあ、客間に通しなさい」

「はい」

太助は下がって行った。

与四郎は計算したところまで印をつけて、客間へ向かった。

ちょうど、襖(ふすま)の前で廊下の向こうからやってくる久太郎と出くわした。

「親方、わざわざ足を運んでくださって」

与四郎が襖を開ける。

久太郎は先に中に入った。太助が続けて入り、座布団を敷いた。

向かい合って座る。

久太郎は腰に差した筒から煙管(きせる)を取り出した。

莨盆(たばこぼん)を太助が差し出す。

久太郎は大きくゆっくりと煙を燻(くゆ)らせながら、

「千恵蔵親分がまたやってきた」

と、言った。

「同じ件で？」

与四郎がきく。

「そうだ。火事が起こる前、勝山正太郎の部屋に若い男が入っていくのを隣の泊まり客が見ていたそうだ」

「若い男？」

「誰かまだわからないそうだ。それから、『日高屋』の銀之助さんが、勝山はこの辺りの小間物屋に用があるということをきいていたそうだ」

久太郎の声が重かった。

「小間物屋っていったら、私のところしかありませんが……」

与四郎は首を傾げた。

ただ、与四郎がこの町内に引っ越してくる四年前まで、『西屋』という小間物屋があったと聞いたことがあった。

与四郎は面識がないが、

「親方、『西屋』のことじゃありませんか」

と、きいてみた。

「だが、もう四年以上前の話だ。それに、勝山は頻繁に江戸に来ていたらしい。だから、『西屋』がすでに店を閉めたことくらいは知っているだろうって、千恵蔵親分が言うんだが」

「そうですか」

「だが、西屋ということも考えられなくはねえな」

久太郎が考え込む。

「西屋さんっていうのは、どんな方だったんです？」

与四郎はきいた。

「大人しい人だった。独り者で、年老いた母親がいて、いつも介抱していた。その母親が亡くなってからすぐに佐賀町を出た」

「母親の死で、なにかあったんですかね」

「さあな。口数の少ねえ奴だったから、そこのところが全くわからねえ」

「勝山さまが関わるような問題を抱えていたとか……」

「どうだろうな。誰かと揉めているという噂を聞いたことはなかった」

久太郎が首を傾げた。

それから、はっとしたように、

「ともかく、千恵蔵親分がそんなことを言っていた。まあ、お前さんのところに来ていねえってことは、何の関わり合いもないことがわかったからなのかもしれねえがな」

と、言い聞かせるように言った。

「そうですかね」

与四郎は首を傾げる。

何か関わりがありそうだからこそ、自分のところにやってくる前に、しっかりと調べているのではないだろうか。

「そういえば、八郎はどうですか」

与四郎はきいた。

「まああだ。あれからはしっかり働いている。だが、俺に疑われていることを気にしているのか、やけによそよそしいんだ」

「そうですか……」

与四郎は言おうかどうか少し悩んでから、

「八郎の悩みの種がわかったかもしれません」

と、口にした。

「悩み？」

「先日、太助に言われたんですが、この前、八郎が乾物屋の倅の北次郎と会っていたみたいなんです」

「あの野郎と？」

どうして、というような顔をしている。

「それで、ちょっと気になるのが、ふた月前、八郎が北次郎から金をもらっていたみたいなんです。八郎は貸していた金だと言っているそうなんですが」

「何かありそうだな」

久太郎の目が鈍く光る。

「親方のところで働いていなかったときに、もしかしたら北次郎のところで何かしていたんじゃないかとも思いまして」

久太郎は表情を曇らせ、

「ともかく、北次郎はお前さんも知ってのとおり、ろくでもねえ野郎だ。あの立派な乾物屋の旦那の倅とは思えねえほどだ」

と、舌打ちをする。

久太郎が去ってから、

「親方、大丈夫ですかね」

と、太助は心配した。

「なんだ、聞いていたのか」

「はい、すみません」

太助が首をすくめる。

「あんな親方は初めてだから気になるな」

与四郎が切り返した。

ふたりで話し合っていると、シロが再び鳴いた。

太助は勝手口へ向かう。与四郎は帳場へ戻り、再び算盤を弾いた。

翌日は、朝から雨が降っていた。蛙の鳴き声が聞こえてくる。

与四郎は荷売りに出ようとする太助を勝手口で見つけた。足元では、シロが構って欲しいのかじゃれていた。

太助が振り返り、

「八郎さんは北次郎にうまく利用されているのかもしれません」

ぼそっと言う。

「なにか思い当たることがあるのか」

与四郎がきいた。

「わかりませんが、なんとなくそんな気がしたんです」

「なんとなく？」

「ええ」

「でも、その根拠があるだろう。北次郎におかしな動きがあったとか」

与四郎はきいた。

「じつは、昨夜、あのあと八郎さんのところに行ってみたんです。そしたら、八郎さんの住んでいる長屋木戸から北次郎が出てくるのを見かけました」

「北次郎は八郎のところに行ったのか」

「わかりませんが、そうとしか……。ただ、八郎さんのおっ母さんも北次郎のことはよく思っていないようです。北次郎もそのことは承知しているから、住いには行っていないと思います。外で、合図を送ったのではないかと」

「そのあと、八郎は長屋を出かけたのか」

「そうだと思います。私は北次郎に見つかるといけないので、そのまま引き上げてしまいましたが」

「八郎のおっ母さんは北次郎のことを知っているんだな」

「ええ。いつぞや、八郎さんの家に顔を出したら、そのことで揉めていたんです。おっ母さんは北次郎の悪い噂を聞いているのでしょう」

太助は顔をしかめて言う。

その時、小里が現れた。

「なんの話かえ」

小里がきく。

「八郎さんのことです。北次郎にうまく使われているかもしれなくて」

太助が答える。

「いけませんよ」

小里がぴしっと言う。

「え？」

太助がきき返した。

「面倒なことになりそうだったら、あまり関わってはいけません」

「でも、八郎さんは友だちです」

「友だちだろうが何だろうが、お前さんがわざわざ一肌脱ぐ必要はないじゃありませんか」

小里の目は厳しかった。その目が、与四郎にも向けられる。

「お前さんも、親方に頼まれたからといって、あまりそっちの方にかまっていてはいけませんよ」

「どういうことだ」

「いま太助に話した通りですよ。北次郎といえば、深川の厄介者です。変に目をつけられて、商売の邪魔をされてしまっては困ります。ただでさえ……」

小里は言葉を止めた。

「ただでさえ？」

与四郎はきき返す。

「いえ、何でもありません。太助も、お前さんも人が好いから頼られるのはわかりますけど、それではいけませんよ」

小里が注意して、店の間の方へ離れて行った。いなくなってから、

「お内儀さん、ちょっといらいらしていますね」

太助が声を小さくして言った。

「うむ」

与四郎が頷く。

「では、行ってまいります」

太助はすぐに出て行った。

さっき、小里は何か言おうとしていた。そんな気がしてならなかった。

虚空を見つめていると、はっとした。

昨日、久太郎が教えてくれたことなのだろうか、とも思った。

与四郎は小走りに店の間へ行く。

商品を並べている小里に、

「近頃（ちかごろ）、千恵蔵親分はきいたか」

と、与四郎はきいた。

「はい」

小里は短く答えた。

「『日高屋』のことでか」

「いえ」

「違うだと？」

「『日高屋』のことって、一体なんなのですか」

小里が身を乗り出すようにきく。

「いや、なんでもない」

「教えてください。親分もあの事件のことをまだ探っているようなことを言っていましたし、なにかうちに関わることなんですか」

与四郎が言った。

「私も親分から直接きいたわけじゃないからわからない。だが、久太郎親方が言うには、『日高屋』で死亡した勝山正太郎さまは町内の小間物屋に用があったらしい」

「お前さん、勝山さまとはお知り合いで？」

「いや、知らない」

「覚えていないだけではなく？」

「違う」

「でも、時たま覚えていない人が訪ねてくることがあるでしょう？　昔、お世話になったことがあるとか」

小里が言う。

与四郎は段々と自信がなくなってきた。

いまはもう京や大坂などに仕入れに行くことはなくなったが、以前は自らの足で行くこともあった。その道中でたまたま出会い、飯を食った仲の者もいる。

勝山の住まいは、大坂の堂島だった。

堂島には知り合いもいる。

「もし勝山さまが私のことを知っていたところで、この火事とは全く無関係なのだから」

「しかし、思い込みだけで判断するのは困りますよ。ほんのちょっとしたことで、変な疑いをかけられてしまったら……」

「千恵蔵親分にか」

「ええ」

「あの親分がいちゃもんをつけてくるとは思えねえが」

与四郎は異を唱える。

「でも、用心するに越したことはありません」

「そうだがな」

用心も何も、全く関わりのない者のことで、どうすることもできない。しかし、与四郎はそれ以上言い返さなかった。

「なんでそのことを調べているのかはわからないですが、同心の今泉さまがしょっちゅう足を運んできていたということは、何か疑いがあるからでしょう。お前さんは何も悪くないのはわかっていますが、変な難癖をつけられると困ります」

「……」

与四郎は押し黙った。

「また近いうちに親分が来ると言っていたので、私の方から聞いておきますよ」

小里は進んで言った。

「すまない」

与四郎は軽く頭を下げてから、

「お前には色々苦労をかけるな」

と、しみじみと言った。

「こんなこと、苦労とは思っていませんよ」

小里は笑って返す。

「たまには労わらないといけないと思いつつ、何にも出来ずにすまないな」

「ほんとうにどうしたんですか。ちゃんと、商いをして、支えてくれるだけで十分ですよ。お前さんは男同士の付き合いでも大酒を呑むわけでもないですし、遊ぶ場所へ行くわけでもありません。博打もしないですから、それだけで私は報われています」

小里が冗談めかして言う。

「不満はないか」

与四郎はきいた。

思い返せば、いままでこんなことを聞いたことがなかったかもしれない。

「強いて言えば……」

小里が語尾を伸ばしてから、

「ただ、お前さんは優しいから、他人の面倒なことにまで手助けしてしまいます。それが心配です」

「自分たちのことで精一杯なのにな」

与四郎は自嘲(じちょう)ぎみに言う。

「いえ、人助けはいいことですけど、頼られ過ぎて最後まで面倒を見なきゃならなくなったら大変です。こっちが見ていられないんですよ。だから、さっきはきつく言ってしまいましたけど、本当に他人様(ひとさま)のことより、ご自身のことをちゃんと考えてくださいね」

小里は釘(くぎ)を刺すように言った。

その時、店に客が入って来た。

「いらっしゃいまし」

与四郎が声をかけると、

「よう」

噂をすれば、千恵蔵であった。

いつもより堅い顔をしている。

「ちょっと、お前さんにききたいことがあってな」

千恵蔵が与四郎の顔を見た。

「なんでしょう？」

与四郎はききかえす。

「『日高屋』の火事のことだ。ちょっと長くなるから、上がってもいいか？」

「ええ、もちろんでございます」

与四郎は客間に通した。

なにか嫌な胸騒ぎがしてならなかった。

小里を見ると、神妙な顔をしていた。

二

与四郎と千恵蔵は客間に移った。

相変わらず、重たい面持ちであった。小里は店番もあるので付いてこなかったが、耳は澄ましているはずだ。

「『日高屋』の火事のことですね」

「ああ」

「久太郎親方から聞きました」

与四郎は牽制（けんせい）するように言った。

千恵蔵はそれに気づいたのか、

「別にお前さんを疑っているわけじゃないから安心してくれ」

と、なだめるように言った。

「でも、どうして親分が調べているので？」

「今泉の旦那に頼まれたんだ。まあ、それも含めて詳しく話す」

千恵蔵はそう言い、ひと呼吸してから、

「あの火事で死んだ勝山正太郎の娘が、『私の父は火の取り扱いには十分に注意をしていました。行灯を倒すなんて考えられません』と言い出した。それで、もう一度調べ直してくれと懇願してきたそうだ。調べ直すと言っても、もう『日高屋』は跡形もなくなっているし、どうするってこともできねえ。だから、泊まっていた者や近所の者から順に話を聞くしかねえんだ」

千恵蔵はさらに続ける。

「『日高屋』の銀之助が言うには、勝山は町内の小間物屋に用があると言っていたそうだ。さっきも言ったように、別にお前さんを疑っているわけじゃねえ。だが……」

千恵蔵が続けようとするのを、

「親分は、これを殺しと見て調べているんですか」

と、与四郎は言葉を挟んだ。

「ああ」

千恵蔵は少し戸惑いながらも、小さく頷いた。

「今泉さまからの指示で？」

「そうだ。お前だから打ち明けるが……」

千恵蔵は深い声で言い、

「これには色々とややこしい事情がありそうなんだ。俺もまだ聞かれていねえが、今泉の旦那は調べればわかるはずだと答えるばかりだ」

と、堅い表情をする。

「今泉の旦那は何を隠しているんでしょう」

与四郎はきいた。

「わからねえ。ともかく、勝山正太郎という医者のことさえ、まだはっきりとはわかっていねえんだ。なにせ、俺ひとりでやっているわけだから、人手が足りねえ」

「新太郎親分に頼めば？」

「いや、相談することはできても、頼むことはできねえ。まあ、岡っ引き（おかぴ）に探索させれば、変に怪しまれる。俺だったら、勝手に動いているだけだという理屈が通るからな」

千恵蔵はわかりきったように言った。

その時、襖が開いた。

小里が入って来た。

「親分、話を勝手に聞いていてすみません。それで、もし仮に勝山さまと銀之助さんが言っていた小間物屋というのが、この『足柄屋』のことだったら、私たちはどうなるのですか」

「それだけでどうこうなるってもんじゃねえ。しかし、どうして、ここに用があったのかは調べなきゃならねえ」

「変な噂が立たなければいいのですが……」

小里は心配した。

そもそも、与四郎が荷売りに出るようになったのも、ある時根も葉もない噂が広まり、それが原因で店に客が来なくなったためだ。だから、『足柄屋』のことをあまり知られていない他の土地に出なければならなくなった。

そういうこともあって、世間の目を心配しているのだろう。だからこそ、頼まれごともあまり引き受けないように言っているのはわかっていた。

「悪い噂が立って商売の邪魔にならないように、俺がちゃんと責任は持つ」

千恵蔵は小里の目をじっと見て言った。

下心は感じなかったが、ただの労わるような目ではない気がした。与四郎はなぜか心が落ち着かない。

「他にも、その火事と『足柄屋』の関わりがあるのですか」

与四郎はきく。

「いや、それだけだ。お前さんが知らなかったら、気にすることはねえが」

何かと親切にしてくれるが、どうも『足柄屋』に来るのは小里のことを気にするが為のように思える。

時折疎ましくも思えるほどであった。

「親分のご心配はありがたく受け止めますが、おそらく私どもとはあまり関係のないお話なので、どうぞお気になさらずに」

「そうか。どうも『足柄屋』と聞くと、何かと気になって仕方がねえんだ」

千恵蔵が重たい声で言う。

茶を飲んでから、

「ところで、『日高屋』の跡地に剣術道場が立つようだな」

「ええ、日比谷要蔵さまという美濃の大垣の方が」

「日比谷要蔵……」

千恵蔵が繰り返した。

「どうなさいましたか」

「どこかで聞いたことのある名前だと思ってな」

「しかし、江戸にはつい最近来たばかりでございますよ」

「なら似たような名前と勘違いしているのかもしれないな」

「そうかもしれませんね」

どことなく気まずい空気が流れた。

千恵蔵が必死に何か言葉を取り繕おうとしている。

それから少しして、千恵蔵は帰って行った。

その日の夜、千恵蔵は駒形にある蕎麦(そば)屋に入った。岡っ引きの新太郎はすでに奥に座っていた。客は馴染(なじ)みしかいない。

みんな、顔を合わせても会釈しかしないが、嫌な気はしない。むしろ、居心地がよかった。

「親分」

新太郎が手を軽くかざした。

この男は元々、千恵蔵の手下で、いまは十手を受け継いで、鳥越の親分などと言われている。

「今朝、『足柄屋』に行ってきた」

千恵蔵は新太郎の正面に腰を下ろす。

何も言わなくても、女将(おかみ)が三合徳利(とっくり)と猪口(ちょこ)をふたつ、それも千恵蔵、新太郎とそれぞれの名が刻まれたものを出してきた。

作ってくれといったわけではないのに、いつの間にか出来上がっていた。

だからといって、ここの女将や主人と親しくしているわけでもない。変に口を挟むこともないので、ここではどんな話でも出来た。

「で、どうでした?」

新太郎は酒をそれぞれの猪口に注(つ)いだ。

なみなみと満ちると、千恵蔵は酒を迎えるように口を持って行った。

「あのことを教えてやったんだが、与四郎の反応はいまいちだった」

千恵蔵は首を横に振った。

「いまいちっていいますと？」

「親分の出る幕じゃねえって」

「え？　あの与四郎がそんな風に？」

「いや、そうは言っていねえが、心ではそう思ってるはずだ」

千恵蔵が舌打ち混じりに言う。

「わかりませんよ」

新太郎は首を傾げるが、

「いや、あいつは正直な男だ。何か引っ掛かることがあるとすぐに顔に出る」

と、千恵蔵は決め付ける。

「与四郎の立場もわかるんじゃありませんか」

「立場っていうと？」

「親分は何かと小里さんのことを気にしすぎて、何も知らないひとから見りゃあ、なんでそこまでするんだって思うほどですぜ」

「さりげなくやってるつもりだが……」

「できていませんよ」

新太郎は小さく首を横に振った。

「そうかな」

千恵蔵は納得いかないような口調をする。

「それが出来ないのが実の親なのでしょうけど」

「……」

「ともかく、小里さんの父親だと打ち明けないのであれば、もう少し遠くから見守ってるくらいじゃないといけません」

新太郎は珍しく注意する。それだけ小里に対して世話を焼きすぎているということなのだろうか、とふと考えた。

猪口の中をじっと見つめる。

小里に自分のことを打ち明けないのは、死んだ小里の母親との約束であった。岡っ引きという仕事柄、どんな悪人に恨まれているかもしれないし、娘にまで迷惑がかかってはいけないというのだった。

千恵蔵はその約束だけは守ると決めていた。

「ところで、勝山の部屋に入っていった男については？」

新太郎が改まった声で言う。

「まだわからねえ。若い男だというだけだ」

「他に見た者はいないんですよね」

「ああ」

「それも妙な話ですね。『日高屋』はあれだけ大きかったですから、誰かしら奉公人なんかが気づきそうなものですが」

「主人の銀之助は、掛かりを抑えるために、あの広さにしては少ないくらいの人数しか雇っていなかったと言っている」

「では、勝手にその客が上がっていったんですかね」

「まあ、そこは気になるがな……」

千恵蔵は再び酒に口をつける。

「あの医者は勝山正太郎といいましたね」

「ああ」

「勝山がその客を招き入れたんですかね。もし客が来るなら、主人なり、番頭なりに話をしているかもしれないと思いまして」

「そんなことはなかったようだ」

「そうですか。では、その者がいきなり来たということも考えられますね」

「ああ」

現役の岡っ引きである新太郎の方が考える力は鋭い。だが、まだ自分の勘も鈍ってはいないと、千恵蔵は思っている。だからこそ、今泉も千恵蔵に頼んできたはずだ。

「勝山が誰かと会っていたというのは、隣の客の証言でしかない訳ですね」

新太郎がどこか鋭い目をして言う。

「そうだ」

千恵蔵は頷いた。

「行商人だそうですね」

「ああ」

「もし、その男が嘘をついていたとしたら……」

新太郎が独り言のように言う。

「え？」

千恵蔵は思わずきき返した。

「いえ、仮の話です。嘘をつくとしたら、何か得することでもあるのかと思ったんですが」

「確かに、そいつだけの話だと、信じるにはどうも弱いかもしれねえが」

「嘘をつくような者じゃねえんですか」

「ああ、立派な行商人だ。佐原の男で、江戸には月に十日もいるらしい。『日高屋』の主人、銀之助とも古い付き合いで、勝山と違って、今回初めて『日高屋』に泊まったわけでもない」

　千恵蔵は確信を持っていいながら、

「だが勘違いということもあるだろう。たとえば、勝山の部屋じゃなくて、もうひとつ反対側の部屋に入って行ったのだとか……」

　と、ふと考え込む。

　しかし、そんな勘違いをするだろうか。

「その男っていうのは、まだ江戸にいるんですかい」

　新太郎が酒を注ぎながらきいてきた。

「いまはいねえが、栗橋に行ってから、また十日後くらいに江戸に帰ってくると言っていた。これからは銀之助の紹介で、稲荷町の『飯塚屋』に泊まるそうだ」

　千恵蔵が呑みながら教える。

　三合徳利はもう空になっていた。

　新しい酒を頼んでから、

「なあ、新太郎」

と、低い声で呼んだ。

「なんです」

新太郎がきき返した。

「今泉の旦那にこの件で何か言われていねえか」

千恵蔵はきいた。

今泉は千恵蔵に、「お前だけに」と口にしていたが、機嫌を取るためにわざとそう言うことも考えられなくはない。

それに、今泉はそういう男である。

人の機嫌を取ることに長けていて、自分と反対の派閥や意見の者とも衝突することがない。しかし、ただ口先だけというわけではなく、芯はしっかりしていて、悪を許さないという強い気持ちがある同心だ。

「いえ、何も。あっしだけじゃなく、他の岡っ引きにも、この件をもう一度調べなおすようには言っていないはずです」

新太郎が答える。

「だったら、なぜ俺だけが……」

ずっと考えていたが、いくら考えてもわからない。今泉にきいたところで、「とにかく調べてくれ」と返ってくるだけだ。

「でも、今回は勝山の遺族がもう一度調べてくれと奉行所に訴え出たから、調べる他ないのでしょう」

新太郎は、千恵蔵の頭の中が透けて見えるようで、考えすぎだとばかりに言う。

「いや、今までにこんなことがあったか」

千恵蔵はきく。

「ありませんけど」

「ということは、この件はあまり公になってはいけねえんだ」

「どうでしょう。少なくとも、筒井さまはご存じのはずです」

新太郎が南町奉行の筒井政憲の名を出した。旗本でありながら下々の暮らしにまで精通して、私心がなく、公平な裁きをする男だ。温厚で、思慮深く、常に何手も先のことを考えている人物である。

「そうか、内密に調べさせるのは、今泉の旦那の考えじゃなくて、筒井さまからの命かもしれねえ」

千恵蔵は独り言のように呟いた。

筒井であれば、勝山の遺族に対する情を汲み取り、もう一度調べさせることもあるかもしれない。

そう思ったら、それが本当のことのように思えてきた。

「一体、何を疑っているんです？」

新太郎がきく。

「いや、俺だけに言うということは余程だと思っただけだ。いずれにせよ、もっと勝山のことを調べないとならねえかもしれねえ。だが、小里や『足柄屋』が絡んでいなければよいいんだがな」

千恵蔵はそうは言っても、何か嫌な予感が拭えなかった。

長年の勘であった。

三

『日高屋』の跡地で、普請が進んでいる。

その日、与四郎がその前を通ると、鳶の者が足場を組んでいた。端には材木が積まれている。

日比谷要蔵と横瀬左馬之助が棟梁の久太郎と話していた。

ふたりが久太郎と別れたあとで、与四郎は声をかけた。

「順調に進んでいるようですね」

「うむ。お前には世話になった。感謝しておる」

日比谷が言う。

「恐れ入ります」

与四郎は頭を下げた。

「そういえば、お前のところにいる太助という小僧」

日比谷は思い出したように言う。

「あいつが何か」

「横瀬先生から聞いたが、剣術を習ってみたいとのことだそうだ」

日比谷は隣にいる横瀬にちらっと目をやった。

「ええ、そのようなことを前から言っていますが、何分体も小さいですし、線も細いので向いていないと思います」

「いいや、そのような身軽な者の方がかえって素早い動きが出来てよいものだ。よければ、俺のところに通わせぬか。お前に世話になったので、金は取らぬ」

日比谷は堅い表情のまま、幾分か柔らかい声で言った。

「そんなお気遣いをして頂かなくとも」

「いや、何かしら礼をしたいと思っておる」

「恐れ入ります。そう仰って頂けるのでしたら、太助に話してお返事いたします」

「うむ、そうしてくれ」

日比谷は頷いた。

「横瀬さま、太助のことをお気遣い頂いてありがとうございます」

与四郎は頭を下げる。

「なんの」

横瀬はそう言ってから、

「だが、お華に頼まれていたあの女中の件は、難渋している」

と、申し訳なさそうな顔をする。

すると、日比谷は察したように、その場を離れた。

「何もそこまでお気になさることではないのでは？」

与四郎は平然と言う。

「だが、せっかくお華が頼って来たのだ。何とか叶えてやりたいと思うが……」

半年くらい前にお稲という女中が辞めさせられた。お華は仲が良かったので、心配していた。

「そのことで、ちょっと話したい。ここではしにくいので、夜にでも会えぬか」

「わかりました。商売が終わってからそちらに伺いましょう」

「では、待っておるぞ」

与四郎は日比谷にも挨拶して、普請場から離れた。

『足柄屋』に戻ると、小里が接客をしていた。和やかな雰囲気であった。

後ろ姿では誰だかわからなかったが、前から見ると、まだ十七、八歳の芸者風の女。勝栄の妹分の菊千代であった。

「これは、どうなさいましたかな」

与四郎はきいた。

芳町には、太助が荷売りで回っているはずだ。それなのに、どうしてここまで来たのだろうと思っていると、

「実はあの簪を買いに来てくださったそうなんです」

小里が言う。

「あの簪っていうと、この間、勝栄さんにお着け頂いた？」

与四郎は小里を見てから、菊千代に顔を向ける。

「ええ、やはりあれが欲しいと言うもので」

菊千代は実際の年齢よりもませたような顔の表情や仕草で答えた。真っ白な肌に、真っ赤な紅をつけて、どこか色気がある。

「てっきり、太助に持たせたと思っていたのですが……。それに、太助に言ってくだされば、後日お持ちしますのに」

「いえ、いま使っている簪が折れてしまったそうで、すぐにでも必要だっていうもので」

「そういうことでしたか」

与四郎は簪を渡した。

菊千代は足取り軽く引き上げた。

そして、その日の商いが終わり、与四郎は横瀬の暮らす裏長屋へ行った。

土間には竹刀や胴着などが置かれていた。

「わざわざ来てもらってすまないな」

横瀬が言った。

「いえ、それよりお話というのは？」

「刀剣の目利きを頼まれ、時折、千住に行くのだが、そこで、評判の飯盛り女のことを聞いた。小糸という名だが、調べてみたら辞めさせられた女中のお稲だったのだ」

「どうして、そんなところに身を……」

「他に行くところがなかったのかもしれないな」

「わかる」

横瀬が深く頷いた。金のことが原因で揉め事を起こし、真田家を去った過去を思い出したのか。

それから、改めて与四郎を見て、

「このことをお華に話したんだ」

「そうですか」

「俺の考えが及ばなかった。お華はかなり心配してな」

「そうでしょうね」

与四郎はわかりきったように頷いた。

「だが、お華はそんな暮らしを止めさせたいと言っているんだ。一度、会いに行ったんだが、向こうから避けられているようで」

「気まずいのでしょうね」

「そうだろうな。だが、お華としては、お稲のことが心配で仕方ないそうだ。お稲だけが唯一、心を許せる仲だったそうでな」

横瀬は深くため息をついてから、

「ここで、少し願いがある」

と、改まった声で言った。

「なんでしょう」

与四郎は恐る恐るきいた。また、引き受けたら、小里に心配をかけてしまうかもしれない。ただ、自分の性格からして、頼み事を断ることが苦手だ。

特に、相手からぐいぐいと来られたときには、つい承諾してしまう。

「お稲と話を付けてきて欲しい。お華は『升越』の方で金は用意するから、そんな暮らしを止めて欲しいというのだ。しかしお華だと会ってくれないのだ」

「待ってください。私はお稲さんと話したこともなければ、顔も知らないんです」

「それだから、うってつけなのだ」

「どういうことで？」

「その様子だと、まだ聞いていないと見受けるが、お前のところの太助も、お華に頼まれて千住まで行ってきたらしい」

「太助がですか?」

与四郎は思わず声を漏らした。

「だが、太助もお稲と会うことすら出来なかったという。きっと、知っている者だと会ってもらえないのだ」

「それでしたら、横瀬さまは?」

与四郎はきいた。

「いや、俺はすでにお華の父親として相手に知られている。だから、駄目だ」

横瀬は首を横に振った。

「いくらかこちらで金は用意する。礼金も別で払う」

「いえ、待ってください」

「どうした」

「私がそんなところに上がれませんよ」

「女房に叱られるのか。それなら、予め事情を伝えておけば問題はないだろう。なんなら、俺が頼んでみよう」

横瀬は名乗り出るように言った。

「いえ、そういう場所に行くというよりも、私が他人様の頼み事を引き受けることで、女房を心配させてしまうんです。今まで、それで何度ともなく迷惑をかけましたから」

与四郎は申し訳なさそうに、頭を下げた。

横瀬は少し考えてから、

「左様か」

と、ぽつりと頷いた。

「そもそも、どうしてお華さんはそんなにお稲という女中のことが気になっているのでしょう。何か事情があって身を隠しているのだとしたら、それを無理やり探し出すのは酷というものではないでしょうか」

与四郎は思い切って言った。

横瀬は少し考えてから、

「たしかに、お前の言うことは一理ある。俺とて、自ら真田家を去ったときには、誰にも探して欲しくはないと思ったものだ」

と、理解を示した。

しかし、眉根(まゆね)を寄せていた。

「それとも、お稲さんは、何かに巻き込まれたようなのですか」

与四郎はきいた。

「もしかしたら、そうやもしれぬ」

「そうやもしれぬとは？」

「お稲を調べてみると、あまりあの女について知っている者がいないのだ。お華だって、お稲についてはよく知らぬようだ」

そう言ってから、さらに続けた。

「津軽の生まれで、小さい頃は父親の商売がうまくいっていたが、お稲が五歳の時に父親が亡くなった。それから、親戚を頼って江戸に出てくる途中に、母親が病で死に、お稲はなんとか江戸にやって来たそうだ」

横瀬は重たい声で言う。

与四郎はふいに、自分の昔の姿と照らし合わせて考えてしまった。十二歳の頃、与四郎は江戸にやって来た。店の名の通り、足柄の生まれで、ある日男がやってきて、江戸の大店の仕事を紹介すると言ってくれた。与四郎はそれを鵜呑みにして、男に付いて行った。母親が江戸に行くまでと、これからの暮らしで困らないようにと渡してくれた金をその男にまんまと騙し取られた。

境遇は違うが、江戸にやってくるのに苦労をしていることは、お稲と重なる。

横瀬はそんなことをしらないで言っているのだろうが、与四郎は黙ってはいられなかった。

「横瀬さまのお話を聞けば、お稲さんのことを想いたい気持ちはわかりました。お華さんも同じ気持ちで、お稲さんの心配をしているのでしょう。しかし、私はそう無理がききません。それでもよろしければ、お力になりましょう」

与四郎は小里の姿が目に浮かんだが、もう口から出た言葉は止まらなかった。

「助かる」

横瀬は短く言い、頭を下げた。

与四郎は如何にしようかと、すでに頭を悩ませていた。

その日の夜、与四郎は久太郎の家の裏口へ回ったが、入る前にもう一度考え、引き返した。それで、八郎の暮らす裏長屋へ行った。

腰高障子を開けると、八郎が洗い物をしていた。四畳半では、八郎の母が足を伸ばして、苦しそうにさすっている。

「あっ、足柄屋さん」

八郎が気づいて声を上げた。

「ちょっといいか」

「また親方のことで？」

「いや、お前さんに頼みがある」

与四郎は言った。

母親が心配そうにこっちを見ているのに気づいた。

「ちょっと、頼みたいことがあって、少しお借りしてもよろしいですか」

与四郎は母親にきいた。

「はい。倅で役に立つことであれば」

それから、与四郎は八郎を連れて、近くの神社へ行った。歩いてすぐだが、その道中に、「なにがあるんです」と、八郎は相変わらず心配していた。

「親方のことではないから安心しなさい」

与四郎は言う。

鳥居をくぐり、境内に入ると、

「頼みというのは、お前さんにある人を説得して来て欲しいのだ」

与四郎は単刀直入に言った。

思っていたことと違うからか、八郎はきょとんとしている。

「千住に小糸という名の飯盛り女がいる。店の名前はわからないが、どこかで聞けば教えてくれるだろう」

「はあ、小糸ですか」

「お前さんは日本橋『升越』の娘、お華さんを知っているか」

「はい。あの、太助と仲の好かった」

「そうだ。そこの女中のお稲さんが半年前に辞めさせられたのだ。そのお稲さんが千住で働いているそうだ。お華さんはお稲さんに、金のことで悩んでいるのならば、すべて『升越』の方から出すから、そんな稼業は辞めてほしいと思っている。だが、お華さんが会いに行っても、お稲さんは会ってくれない。太助も行ったが、会ってもらえなかったそうだ。それで、お前さんに頼みたいのだ」

与四郎は伝えた。

「そうでしたか」

八郎は頷く。

「ちゃんと、そこへ行く金は横瀬さまが用意してくださる。礼金もくださるそうだ」

与四郎は付け加えた。

「礼金ですか」

八郎は顔を輝かせた。

「そうだ。頼まれてくれるかい」

与四郎は確かめた。

「はい、少しでもお金になるならやります」

「そうか。なら、よかった」

「ありがとうございます」

八郎が頭を下げる。

「いや」

与四郎は言葉を区切って、

「お前さん、金に困ってはいねえか」

と、きいた。

「え？」

「いや、あまり動けないおっ母さんもいることだ」

「大工なので、それに親方によくしてもらって、給金は他人様よりちょいとばかり高いですが、出ていくお金もそれなりにあって……」

八郎はどこか憂鬱（ゆううつ）そうな目をして答えた。

「どこかで金を借りたりはしてねえか」

「いいえ、借りるなんてことはありませんが……」

八郎は伏し目がちに言う。続く言葉が聞こえなかった。

「なにかあるのか」

「いいえ、そんなことは」

「ないんだな」

与四郎は思わずきつい目で問い詰めるようにきいた。

「ありません」

八郎は首を横に振る。

「なら、いいんだ。だが、困ったことがあれば、ひとりで抱え込まないで、親方なり、私なりに頼ってもいいんだからね」

与四郎は諭すように言った。

その言葉が八郎に響いたのか、

「はい。そうします」

と、なぜか目が潤んでいた。

鳥居から風が吹き上げる。木の葉が音を立てる。

「今年の春はやけに寒い」

与四郎はぽつんと言い、ふたりは境内を出て行った。

四

千恵蔵は寺子屋が終わると、勝山正太郎のことを知っていそうな者たちを訪ねてまわった。

大坂の医者ということなので、大坂出身で、大和郡山(やまとこおりやま)藩の藩医をやっている者に話を聞きに行った。

だが、その者に聞いても、

「勝山正太郎という方は存じ上げぬ」

と、言われてしまった。

そもそも、勝山という苗字(みょうじ)も知らないそうで、いちおう大坂の知り合いにきいてみるとのことであった。

それからも、医者や上方の出の者たちに当たってみた。

もう二十人近くに当たった。

『堂島屋』という大坂に本店がある酒屋にきいても、やはり勝山のことはわからなかった。

終わりの見えない地道なことだが、岡っ引きのときから慣れていた。

「勝山さまだったら、私が知っていますよ」

と言ったのは、日本橋久松町の呉服屋『美作屋』の旦那であった。

美作国の名産である高級絹織物を取り扱っており、他の呉服屋と比べても多少値張るが、いつも賑わっている店であった。

勝山とはかなり親しそうで、勝山が江戸に来る度に、『美作屋』を訪ねてきたそうだ。

「勝山正太郎さまは、その苗字の通り、美作勝山藩の出身です。代々、勝山の大地主で、父親は勝山藩の藩医でしたが、あの勝山さまは鳴滝塾で学んでおります」

鳴滝塾は文政七年（一八二四）、シーボルトが長崎郊外に設けた私塾だ。そこで、多くの蘭学者や蘭方医が学んでいた。

「あのシーボルト事件で捕まっているんですよ」

旦那がこそっと言った。

「なに、それで？」

千恵蔵はきき返した。

「捕まったものの、国外追放されるシーボルトさんにはそれほど便宜を図ったことがなかったのか、すぐに解放されています。まあ、そこには、父親の力が働いていたとも言われています」

「その後、どうしたんだ？」

「田原藩に雇われていました」

「田原藩……」

「渡辺登さまという藩の重役がいらっしゃいまして、その方に気に入られたのです。渡辺さまは蘭学に興味があるらしく、高野長英先生なども雇い入れています。また渡辺さまは画業もなされていて、崋山という号でも知られています。勝山さまも画をなさるので、気が合うと仰っていました」

渡辺崋山、どこかで聞いたことのある名前だと思った。

「それより、勝山さまがどうなさったので？」

旦那が心配そうにきいて来た。

「先月の火事で亡くなられた」

「えっ……」

言葉を失っていた。

「まったく聞いていねえのか」

「初耳でございます。田原藩の方とお話しした時も、そのようなことは仰っていませんでした し……」

「田原藩の者も……」

千恵蔵の目が鋭く光った。

田原藩が隠したいのか、それともそもそも知らされていないのか。今泉がこっそりと千恵蔵だけに頼んだということもあり、何か裏があると思わざるを得ない。

「どちらでお亡くなりになられたのですか」

「深川佐賀町の『日高屋』だ」

「そういえば、『日高屋』に泊まると仰っていましたね」

「そんなことまで言っていたのか」

「はい。こういうことを言うのは大変おこがましいですが、勝山さまのお金に関することは全て私が見ておりましたので、なんでもお話しくださっていました」

旦那は嫌味ではなく、申し訳なさそうに言った。

「どうして、お前さんが支援を？」

「私も蘭学には興味がありまして、勝山さまを通じて、見識を広められたらと思っていた次第で」

蘭学に興味があるのは、どことなく不穏な気がしたが、口にしなかった。

千恵蔵は重役の渡辺が江戸の上屋敷にいるということを聞いた。

「お前さんも気を付けるんだぞ」

一応注意だけした。

それから、千恵蔵は外桜田へ向かう。桜田堀には、さいかちや樫の木が植えてある。井伊家上屋敷を通り過ぎ、北へ向かう。なだらかな坂沿いに建ち並んでいる大名屋敷の一角が田原藩三宅家上屋敷であった。

門番の前に出ると、手短に名乗り、

「勝山正太郎さまのことで、渡辺さまとお会いしたい」

と、告げた。

門番は小口から上屋敷に入り、少ししてから戻ってきた。

「入れ」

中に通されて、庭を通り、御殿の客間に連れられた。

そこで待っていると、四十半ばくらいの額の広い男がやって来た。

千恵蔵は畏まった挨拶をしてから、

「勝山正太郎さまのことで、日本橋久松町の美作屋から聞き及び、こちらにやって参りました」

と、言った。

「それで、勝山殿がどうしたと？」

渡辺は無駄なことを話さず、単刀直入にきいた。

「先月、火事で亡くなられました」

「……」

わずかに眉が上がったが、表情に出さない。

「奉行所の方から何も言われていなかったのですか」

「言われておらぬ」

「左様でございますか」

千恵蔵は頷く。

「少々訊ねたいが」

渡辺が低い声で言った。

「なんなりと」

千恵蔵は目を見て答えた。

「お主はいまは岡っ引きではないのだろう」

「はい」

「なら、何故、このことを調べておる」

渡辺は無表情のまま、落ち着いた声で言った。

「それは」

千恵蔵はそこまで言って悩んだ。今泉からはお前だけと聞いているから、このことを話してもいいのか。

だが、黙っていたら、向こうは変な勘ぐりを入れかねない。

渡辺はじっと、こっちを見ている。

「頼まれたのにございます」

そう答えるしかなかった。

「誰に頼まれたのだ」

「定町廻り同心の今泉五郎左衛門さまにございます」

「今泉殿か」

渡辺はなにやら考える風に唸っていた。

この男の目は何手も先を見越しているような鋭さがあった。同心や岡っ引きとはまた違う鋭さである。

「宿帳には、大坂堂島のお住まいしか書かれていなかったので、同心の方でも、こちらで雇われているとは思わなかったのかと思います」

「うむ」

渡辺は小さく頷く。

黙っているのも気まずいが、何を言ってもあまり反応を示さない気がしてならなかった。

この時は、もうこれ以上のことをきくことが出来ずに、千恵蔵は帰るはめになった。

しかし、帰り際に、

「もし、何か探索でわかったことがあれば随時教えてもらいたい」

と、渡辺が頼んできた。

「わかりました」

千恵蔵は約束して、上屋敷を去った。

その日の夜、千恵蔵は八丁堀(はっちょうぼり)の今泉五郎左衛門の屋敷へ行った。

今泉は着流し姿で、自室で三味線を弾いていた。音色は拙かったが、実直な弾き様であった。

そのような姿を見たことがなかったので驚いていると、

「下々の趣味にも手を出して見なければな」

今泉は照れくさそうに言い、三味線を脇に置いた。

「真に結構なことで」

千恵蔵は褒めた。

今泉は咳払いをしてから、

「して、何か摑めたのか」

と、訊ねた。

「はい」

千恵蔵は、勝山正太郎が美作の生まれであること、日本橋久松町の『美作屋』の旦那が援助していたこと、長崎に遊学をして、蘭学を学んでいたこと、シーボルト事件のあとは田原藩の渡辺登という重役に取り立てられ、藩のお抱えの学者として雇われていることを伝えた。

今泉はひとつずつ嚙みしめるように聞きながら、

「田原藩の重役、渡辺登殿のことだが」

と、切り出した。

「あの方は本当に、勝山さまのことを知らなかったのか」

「そう仰っていましたが、わかりません。あの方ほど、心の読みにくい方はいないかと思います」

「やはり、そうであろうな」

「渡辺さまをご存じなので？」

「無論だ。と言っても、渡辺崋山として、画の方で知っているだけだがな」

今泉は答えた。

「あれ、旦那も画をなさるので？」

「少しだけな」

「初耳にございますが」

「あまり公言はしておらぬ。下手な故な」

今泉はそう言いながらも、

「お主だけに見せよう」

と、立ち上がり、一度部屋を出た。

すぐに戻ってきた。

手には掛け軸がいくつかあった。

渡されて見てみると、鹿(しか)や猿などの動物が墨絵で描かれていた。巧(うま)いかそうでないかはよくわからないが、全(すべ)ての動物が正面を真っすぐに向いていて、今泉の性格が表れていた。

「その顔は気に入らなかったようだな」

今泉は急に自信をなくしたように答える。

「とんでもない。なんでもお出来になるので、恐れ入った次第にございます」

「そうか」

今泉は表情を変えずに答えたが、声がどことなく嬉(うれ)しそうだった。

「勝山の身許(みもと)は分かりましたが、これから如何(いかが)しましょう」

千恵蔵がきいた。

「勝山の交友関係を調べてくれ。特に誰と揉めていたかという」

「ということは、やはり殺しと考えているので？」

「わしの一存ではない」

「お奉行の？」

「ああ」

今泉は頷いた。

「もしや、蘭方医ということが何やら関わってくるのですか」

千恵蔵は思い切ってきいた。

「わからぬ。だが、お奉行の命で動いているということは決して明かさないように」

これ以上は聞くなという顔をしている。

翌日から、千恵蔵は勝山の交友関係を洗いに行った。

まずは、日本橋久松町の『美作屋』であった。

土間に入る。客はいない。

旦那は千恵蔵を見るなり、

「勝山さまのことで」

と、小さな声をあげた。

千恵蔵は頷いた。

「あの方の交友関係を知りたい」

「と、仰いますと、仲の良かった方とかで?」

「それもそうだが、仲の悪かった者も含めてだ」

千恵蔵が言った。

「そうですね。よくお話に出てきたのは、高野長英さま、小関三英さま、鈴木春山さま、御三方とも蘭学者でございます」

「三人とも江戸に住んでいるのか」

「はい、皆様江戸にいらっしゃいまして、尚歯会というところに属しています。勝山様もそこに属していたようです」

「幕府のやり方に異を唱えるような者たちなのか」

「詳しいことはわかりませんが、そのような噂は聞いております」

「お前さんは……」

千恵蔵が続けようとしたが、

「私はそのような考えは毛頭ございません」

と、旦那は思い切り首を横に振った。

「だが、勝山とは親しいのだろう」

「親しいというと語弊があります。勝山さまは遠い親戚にございまして、義理もありますので」

「そうか」

千恵蔵が頷くと、旦那はさらに誤解を解くためか、

「私の記憶が正しければ、十日後に湯島で尚歯会の集いがあるそうです。公にされていませんが、さっき私の言った御三方は来ると思います。そこで、ききこみをしてみたら如何ですか？」

と、教えた。

千恵蔵はその情報を持って、再び今泉を訪ねた。

聞いたことを伝えると、

「なるほどな」

今泉の返事はそれだけであった。

何やら考えがある目つきをする。

「旦那」

「なんだ」

「もし、考え違いだったら許して頂きたいんですが、勝山が殺されたのには、政治的な意図があるとお考えなのでは？」

「……」

「それで、表立って探索することができないんで、あっしに命じたのでは？」

千恵蔵はやんわりとききながらも、確信を持っていた。

今泉は答えない。

目すら合わせない。

それが、この同心の正直なところだ。

すぐに図星だと見抜いた。

「あっしはもう引退した身ですが、旦那の味方ですので」

「左様か」

今泉は捉（とら）えどころのない表情で答える。

それ以上のことは言わなかった。

千恵蔵は自宅に戻る途中で、新太郎の家に寄った。

取り次いだ、新太郎の女房の料理屋で働いている女中によると、夜の見廻りに出ているようで、一刻（約二時間）ほど空けてから再度戻って来た。

五つ半（午後九時）は過ぎていた。

勝手口から入り、呼びかける。

すぐに、二階から新太郎が下りてきた。

「親分」

「すまねえな」

「まあ上がってください。それとも、近くで呑みに？」

「いや、ここで」

千恵蔵は言った。

料理屋の方からは賑やかな声が聞こえてきた。

それから、改まった口調で、勝山が鳴滝塾にいたこと、シーボルト事件で捕まったことがあること、さらに尚歯会という幕府に異を唱える蘭学者の集いにいたことも伝えた。

新太郎の反応は、千恵蔵が思った通りで、

「なら、勝山が殺されたとしたら、政治的なことが絡んでいるかもしれねえってわけですね」

と、確かめてきた。

「今泉の旦那はそう思っているんじゃねえか。いや、お奉行もな」

千恵蔵は返した。

「それで、親分が」

新太郎が納得するように、大きく頷く。

「俺がこれから探索したところで、どこまでわかるか知れねえ」

「きっと、十日後の尚歯会で手掛かりは掴めますよ」

「そう思うか？」

「真実はどうであっても、尚歯会の者も、勝山の死には疑問を持っているはずです」

「だろうな」

「なら、そこで何かしら動くはずです」

「でも、俺が単身で乗り込んでいっても、警戒されるだけだ」

「今泉の旦那に頼まれたということは言わずに、勝山の死に疑問を持っているといえば、きっと協力してくれます」

新太郎はやけに決め込んで言った。

千恵蔵もそう思うしかなかった。

五

この日、太助は荷売りに出た。

回る場所はいつもと同じだ。近頃は新しい客は増えずに、馴染みばかりを相手にしている。気分を変えて、今まで足を運んだことのない場所に行ってみてもよいが、そうすると、馴染みが困るかもしれない。

日本橋馬喰町に差しかかったとき、

「太助さん」

と、声をかけられた。

「あっ、お華さん」

太助も目をぱちくりさせた。

「ちょうどよかったわ。ちょっと相談に乗って欲しいの」

「なんだい？」

お華の顔が妙に険しかった。

「うちの父が、といっても、実の父のほうよ」

「横瀬さまが日比谷先生のところで手伝うことになったことかい」

「いや、そうじゃなくて。私のために、お稲のことで一生懸命になっているの」

「横瀬さまらしいな」

「なに、感心してるの」

お華が苛立ったように言う。

「でも、千住宿で飯盛り女をしているってわかったのは横瀬さまのおかげじゃないか」

「ええ。お稲に辞めてもらいたいって思っているけど、お稲は聞き入れてくれないわ」

「俺が行っても会ってくれないからな」

太助はため息をついて言う。

「まさか父が、そのことで足柄屋の旦那にお願いするとは思わなかったの」

「え？　うちの旦那に？」

「ほら、お前さんも知らないでしょう」

「初耳だ」

「前にお内儀さんから聞いたことがあったの。うちの人は相談などを断れずに乗ってしまうので、困っていますって」

お華は申し訳なさそうな顔をした。

「それで、どうしたいんだい」

「旦那に迷惑をかけることは避けたいの。だから、お前さんに頼もうと思ったの」

「そんなことしなくてもいいって？」

「ええ」

お華は頷く。

「いや」

太助が眉根を寄せ、

「うちの旦那は結構頑固だから、一度引き受けたら、最後まで筋を通そうとする。特に横瀬さまの頼みとなれば厳しいと思う」

と、素直に伝えた。

「そっか……。困ったな」

お華は顔をしかめた。

「それなら、横瀬さまに言った方がいいんじゃないか」

「もう言ったの。そしたら、万事任せておけって聞き入れてくれないの。これじゃ、旦那にも、お内儀さんにも申し訳ない」

「じゃあ、とりあえず俺の方から旦那に話をしてみるから」

「そうして」

「じゃあ、また明日明後日にでも来るから」

太助は引き受けたものの、自信はなかった。

その日の夕過ぎ。

店に戻った太助は帳場で算盤を弾いている与四郎を見つけた。

「ただいま帰りました」

太助は売り上げを与四郎に渡す。

与四郎は売り上げを見て、

「まあまあだったな」

と、呟いた。

「あの」

「なんだ」

「ちょっとお話が」

太助が改まった声で口にすると、与四郎は顔をあげた。体の向きを太助に向ける。

「ここだと話しにくいので外に来ていただけませんか」

「やらかしたのか」

「いえ、そうじゃなくて……」

「別にここでもいいじゃないか」

「お内儀さんに聞かれては困るので」

太助は声を潜めた。

与四郎は辺りを見渡してから、軽く頷き、すっと立ち上がった。

「久々に一緒に湯でも行こう」

「へい、すぐに支度してきます」

太助は二階の部屋に行き、身支度を整えてから勝手口へ向かう。シロが太助の足にまとわりつく。

太助がかまっていると、小里が戻ってきた。

「あ、お内儀さん」

「今日はどうだった？」

「いつも通りです」

「そう、千住の方は回っていないわよね？」

「回っていませんが」

「もし、今度行くことがあれば、届けて欲しいものがあるんだけど」

「はい。もしかして、この間いらっしゃったお内儀さんですか」

「そう」

　小里が頷く。

　その時、与四郎が勝手口に来た。

「ちょっと、こいつと湯に行ってくる」

「そうですか。じゃあ、夕餉の支度をしているから、早いところ行ってきなさいな。シロに餌はやっておきますから」

　ふたりは家を出た。

　もう外は薄暗くなっている。藪蚊の羽音が耳の近くで鳴っている。太助は藪蚊を払いながら、

「旦那さま」

　と、切り出した。

「横瀬さまが旦那さまに頼んだことです」

「お華さんのところにいた女中のことか」

「ええ」

　太助は頷いてから、

「旦那さまがそこまでする必要ないんじゃありませんか」

と、言った。

「小里に言われたのか」

「いえ」

「横瀬さまがお困りになっているんだ」

「でも、横瀬さまはお華さんによかれと思ってやっていることですが、お華さんはわざわざそこまでしてもらいたいとは思っていないんです」

「そうなのか」

「ええ、昼間にお華さんに言われました。その女中に飯盛り女なんかしてもらいたくないけど、旦那を巻き込むのは筋が違うとか。お華さんもかえって気を遣ってしまいますから、どうかお願いです」

太助は引き留めるように言った。

「うむ、話はわかったが……」

与四郎は渋い顔をした。

「なにか？」

「八郎に頼んでしまったんだ」

「え？」

「八郎が金に困っているかもしれないと思って、横瀬さんから小遣いが出るからと頼んだんだ」

「そうでしたか。じゃあ、あとで八郎さんに言いに行かなきゃ」

「私が言いに行く」

「いえ、お内儀さんに心配かけてしまいますから」

太助は半ば強引に請け合った。

ちょうど、湯屋(ゆや)に着いた。


『足柄屋』で食事を済ませると、太助は八郎の長屋へ行った。

長屋木戸のところに、近所の者が何人も集まっている。

久太郎の姿もあった。

「親方、どうしたんです」

太助は嫌な予感がしてきいた。

「八郎が殴られた。それで大けがを負っている」

「え？　誰にです？」

「わからねえが……」

久太郎の目が鈍く光っていた。

「八郎さんは口が利けない状況なんですか」

「いや、口は利ける。介助してもらったが、なんとか、歩いて近所まで帰ってきたくれえだ」

「じゃあ、どうして誰に襲われたのか言わねえんですか」

「うーむ……」

久太郎は腕を組んで唸る。

辺りを見渡してから、

「いいか」

と、長屋木戸から外に出た。

太助は久太郎に付いて行く。柳の下までやってきてから、「北次郎かはわからねえが、金槌のこととも関連しているんじゃねえか」と、舌打ち混じりに言った。

それから、間髪を入れず、

「しかも、あいつがどうして千住なんかに」

とも言った。

「千住？　千住で襲われたのですか」

「そうだ」

「それは、うちの旦那のせいです」

太助は口走って、頭を下げた。

「与四郎のせいだと？」

「ええ。旦那が頼み事をしていたんです」

太助はそれからお華の店の女中だった女が千住で飯盛り女をしていて、与四郎が横瀬に頼まれてその女中に辞めるように説得するのを、八郎に託したことを伝えた。

「そういうことだったか。じゃあ、もしかしたら、その店の若い衆なんかと揉めたのかもしれねえな」

「親方、すみません」

「お前さんが謝ることはねえ」

「うちの旦那が頼んだことで」

「別に、与四郎のせいでもねえ」

「でも……」

「ただ、あいつが迂闊なだけだ。うまくやってりゃ、こんなことにはならねえ」

久太郎は厳しい口調で、八郎に非があると言った。

しかし、頼み事がなければ、そんな目に遭(あ)うこともない。八郎が不憫(ふびん)でならなかった。

「八郎に会ってきてもいいですか」

太助がきく。

「ああ。お前になら、正直なことを話してくれるかもしれねぇ」

久太郎は太助の背中を押した。

太助は早足で、長屋へ戻った。

人溜(ひとだ)まりをかきわけ、八郎の部屋に入る。八郎は四畳半の真ん中で、せんべい布団に横たわっていた。傍で医者が怪我(けが)の手当をしている。切れた唇が痛々しく血に濡れながらてかっている。

八郎は朦朧(もうろう)とした目で、痛みに顔を歪(ゆが)めていた。

「八郎さん」

太助は呼びかける。

八郎は鈍い声をあげながら、顔を太助に向けた。

口をわずかに開ける。

「すまねえ。うちの旦那が……」

太助は頭を下げた。

八郎は首を横に振った。その時に、何か言っていたが、はっきりと聞き取れなかった。しかし、しきりに首を横に振っていた。

第三章　千住宿

一

シロがやたらと吠えるなか、与四郎は八郎の家に向かって走った。

太助から、八郎が何者かに襲われて大けがを負っていることを聞いた。小里もその場にいたが、「とにかく、早く行ってきてください」と背中を押された。

きっと、小里はまた与四郎がお節介をしたからだと考えているに違いない。

八郎の長屋には五、六人の人だかりが見えた。家のなかで、新太郎が八郎に話を聞いている。新太郎の傍には、久太郎が佇んでいる。

大家がその後ろにいた。

与四郎に気がついて、

「足柄屋さん」

と、厳しい顔を向けた。

「はい」

与四郎は応える。

「お前さんのせいで、八郎が怪我をしたっていうじゃないか」

「申し訳ございません」

「どんなことを頼んだのかはしらないが、お前さんもそんな危ないことを頼んでは駄目じゃないか」

「まさか、こんなことになるとは……。ほんとうに、面目ございません」

与四郎はただ頭を下げるしかなかった。

家のなかから久太郎が出てきて、

「大家さん。なにも与四郎は悪くねえんで」

と、庇ってくれた。

「いえ、私の不行届きで」

与四郎は平謝りする。

「いや、本当にあいつがドジを踏んだだけだ。大家さん、与四郎を恨むのは筋違いですぜ」

久太郎が付け加えると、大家は気まずそうな顔をして、押し黙った。

大家は八郎の様子を覗いてから、とば口の家に戻って行った。

「親方、すみません」

「なに、気にすることはねえ」

「でも、私のせいです。大家さんの言う通りで」

「いや、あの大家は根は悪くねえが、口うるさいんだ。勘弁してくんねえ」

「とんでもない」

与四郎は首を横に振った。

新太郎のきき込みが終わったようで声が止んだ。

与四郎は土間に入って行き、新太郎の背中に声をかける。

「親分」

「与四郎か」

新太郎は振り向いて、

「さっき、ちらっと聞いたが、お前さんが頼みごとをしたんだって」

「へい」

「だが、それだけでこいつが襲われるってえのも変な話だ」

新太郎は首を傾げてから、

「こいつも休みたいだろうから、場所を移そう」

と、言う。

その前に、

「八郎、本当にすまなかった」

与四郎は謝ってから、新太郎と久太郎と共に近くの自身番屋へ移動した。

奥の座敷に車座になる。

「千住で聞き込みをしねえと詳しいことはわからねえが、八郎が口を割らねえ様子からいって、何かやましいことがあると見た」

新太郎が率直に言う。

与四郎は横目で久太郎を見ると、

「そのことで……」

久太郎が声をあげる。

「覚えがあるのか」

新太郎の目つきは厳しい。

「はい。実は……」

と、久太郎は火事のこと、そして北次郎のことを話した。新太郎は頷きながら、聞いていた。

「火事の件は千恵蔵親分もなにか探っているようですが……」

そのことについては知っているのではないですか、と言わんばかりに、久太郎は決め込んできいた。

「その件であれば……」

少し間があった。

言葉を選ぼうとしているのか、新太郎は考える様子であったが、

「心配はいらぬと思っておる」

と、どこか頼りない声であった。

「心配がねえっていうのは？　もうその件は片付いているんですかい」

久太郎がきいた。

与四郎もきこうと思っていたことだった。

「いや」

普段、はっきりと喋(しゃべ)る新太郎にしては珍しい口ごもりようである。

「なにが心配ねえんですか」

久太郎は身を乗り出した。

「勝山正太郎の死は、まだ殺しとも決まったわけではない。だが、千恵蔵親分が調べていることからして、八郎が関わっているとは到底思えぬ」

「それが、どうしてなんですかい」

久太郎は痺れを切らした。

もとより、もどかしいことが嫌いな性格だ。相手がどんな者であれ、口ごもっていたりすると、問いただすことがよくある。

「まあ、親分も言えないことがあるでしょうから」

与四郎は、なだめるように言った。

新太郎はそれには触れなかったが、感謝するような目をしていた。

「親分。あっしは、八郎のことがただ心配なだけで」

「よくわかっておる」

「あの火事のときに金槌をなくしたっていうこと、それからしばらく仕事に顔を見せなかったことがどうしても気がかりなんで」

「八郎はなんと言っている？」

「ただ金槌がないので、仕事に来られなかったと」

「その言葉の通りでは？」

「いや、なんもやましいことがなければ、素直に謝りに来るはずで」

「今までにも同じことがあったのか」

「いえ、金槌はありませんが、寝坊したときだって、変な言い訳をせずに頭を下げてきました」

「それとこれでは、話が違うのではないか？　仕事道具をなくしたとなれば、怒られるのは当然であろう」

「そうなんですが」

久太郎は自分の言いたいことが伝わらないからか、むずがゆそうに顔を歪める。

こめかみをかきながら、

「ともかく、うまく言い表せねえんですが、あいつの様子があの火事のあたりからおかしいんですよ。それで、襲われたとなりゃ……」

と、上ずった声で言う。

与四郎には、久太郎の心配もわかる。

たしかに、八郎は何か隠し事をしている気がする。

それがやましいことなのかどうかはさておき、千住で襲われたこととも関わっているのかもしれない。

「私もそう思います」

与四郎は口を挟んだ。

「お前もか」

新太郎が確かめる。

「ええ。私が頼んだことであいつが襲われたわけでないとしたら、今までの因縁のようなことがあるかもしれません。北次郎が関わっているかどうかはわかりませんが、八郎には口が裂けても言いたくない何かがあるんです」

与四郎ははっきりと言う。

「千恵蔵親分は何を調べているんです？」

久太郎がきく。

「それは親分に訊いてみなければわからないが」

新太郎はふたりを交互に見て答えた。

「新太郎親分は知っているんじゃありませんか？」

「いや……」

「自らの考えで調べているとは思えねえんですよ。同心から頼まれているんじゃないですか」

「またどうして、そんなことを……」

「親分、あっしは悪い奴じゃありませんぜ。それは親分だって知っているでしょう」

久太郎はしつこく食い下がる。

「ああ」

「だったら、正直なところを教えてくださいよ」

久太郎がじれったそうに言った。

図星なのか、新太郎は苦い顔をしながら、鼻を膨らませて息を吸って、ゆっくりと吐いた。

「親分には言えないことがあるでしょう」

与四郎は庇うように言った。

「なに？」

久太郎が横目で、与四郎を睨む。

「口止めされているかもしれませんよ。そしたら、話したくても話せないじゃありませんか」

「うーむ」

久太郎はもどかしそうに、新太郎を見て、

「親分」

と、促すように声をかけた。

「たしかに、あまり公にはできないが」

新太郎は迷ったように、そう前置きをして、

「まず、親分の調べているなかで、八郎の名前はまだ出てきていない。金槌の件は俺にはわからないが、もしその金槌が勝山正太郎の殺しに使われていたとしても、あいつが殺したということではなかろう」

と、言った。

「そうなんですが……」

久太郎の顔は曇っている。

「もし、金槌を殺しのために使わせていたとしても、八郎に悪意があったわけではないはずだ。きっと、誰かに脅されたり、盗まれたり、何かしらの事情はある。そこは俺のさじ加減でどうにでもなる」

新太郎が安心させるように、久太郎に言い聞かせた。

それから、さらに続けた。

「千恵蔵親分が調べているのは、勝山正太郎がシーボルトの弟子で、尚歯会という蘭

学者の集いに入っていたからだ」

新太郎が声を潜める。

「どういうことです？」

久太郎はぽかんとして、首を傾げる。

「あの方の死には、まさか幕府が関与しているとでも？」

与四郎は、はっとして、小声できいた。

「まだ殺しかどうかも定かではないから、なんとも言えぬが、万が一の場合を考えて、同心の今泉さまがこっそり調べさせているのだ」

「なるほど、そういうことだったのか」

久太郎はようやく納得したように、膝を軽く叩いた。

「ともかく、八郎が千住で襲われたことについては、ちゃんと調べるから、任せてもらいたい」

「ええ、もう……。失礼なことを言ってすみません」

久太郎は急に肩身が狭そうに頭を下げた。

次の日の朝、与四郎は荷売りについでに、八郎の長屋に顔を出した。長屋木戸

で出くわした大家からは、

「足柄屋さん、昨日は強く言って申し訳なかったね。なにしろ、八郎は要領は悪いけど、親思いでいい子だから、私は心配で、心配で……」

苦い顔をしながら謝って来た。

「大家さんは何も悪くありません。むしろ、私の考えが至らないばかりに」

与四郎は頭を下げる。

「いや。お前さんはあいつの力になろうと、少しでも金になることをさせてやったんだろう。それが裏目に出てしまっただけだ。私の早とちりですまないね」

大家は軽く頭を下げた。

「八郎は？」

「仕事に出られない。休んでいる」

「でも、あいつは働かないと食い扶持(ぶち)が……」

「そこは、この長屋の住人が少しずつ金を出し合って、なんとか支えていこうという風になったんだよ」

「え、皆さんが？」

「今どき、あれほど親孝行な者はいないよ」

与四郎は懐に入れてきた自分の金を大家に差し出した。

「これは?」

「私からのお詫びの印です。働くのも大変だと思い、あいつに渡そうと思ったのですが、皆さんのお金と合わせて渡してやってください」

「それなら、お前さんが直接渡してあげたらどうだ?」

「いえ、大家さんから渡してもらった方があいつも受け取りやすいでしょうから」

与四郎は丁寧に説明をした。

大家はそこまで気を回さなくてもいいと言っていたが、与四郎はやはりそのやり方でないと、八郎が受け取ってくれないのではないかと思った。

何度か押し問答をしているうちに、

「わかりましたよ。では、あとでこれは皆さんのお金と一緒に渡しておきますから」

と、大家が請け合った。

「はい、よろしくお願いします」

与四郎は頭を下げた。

「ところで、昨日は親方と新太郎親分と一緒に姿を消してしまっていたけど、どこへ行っていたんだい?」

大家は顔を覗き込むようにしてきいた。

「親分に色々と聞かれていたんです」

与四郎は誤魔化した。

「そうかい？　てっきり、なにか聞かれてはまずいことを話していたんだと思ったんだ」

「いえ、そんな……」

「もし、そういうことがあれば、大家である私も知っておかなければなりませんから、ちゃんと話してくださいよ」

大家は言った。

悪気はなさそうだが、久太郎の言うように口うるさいのがわかる。

「はい」

与四郎は思わず苦笑いしながら、小さく頷いた。

その時、八郎の家から杖をついた母親がゆっくりと出てきた。

大家はすぐに母親に近寄った。

「どうしたんだい。なにかあれば、手伝いますからね」

大家が甲斐甲斐しく言う。

「いえ、足柄屋さんの声がしたと思ったので」

母親は皺の寄った純朴そうな目を向けた。

「足柄屋さんはな、お前さんたちを気遣って、詫びの印にと八郎が働けない分のお足を届けにきて下さったんだ」

大家はゆっくりと大きな声で言った。

これでは、家のなかにいる八郎にも声が届いてしまいそうだ。

若干気まずい思いをしていると、

「そんなお気を遣わなくてもいいのに……」

母親は申し訳なさそうに言う。

「いえ、ほんの気持ちですから」

与四郎は答える。

「そうだよ、大変な時なんだから受け取った方がいい。それと、足柄屋さんだけじゃなくて、この長屋の連中も、皆金を出してくれたんだ」

大家は付け加えた。

「え？　皆さんも？」

「ああ」

「そんな悪いですよ」

「あいつが働けない間は大変だろう」

「でも、皆さんにお返しすることなんて」

「お返しなんて水臭いじゃないか。別にいいんだ。それに、大家といえば、親も同然。こういう時には、甘えてくれて構いませんからね」

ややや恩着せがましいながらも、大家は母親に伝えた。

「すみません」

母親は恐縮して、頭を下げる。

「で、なにかお話が？」

与四郎は母親にきいた。

「いえ、八郎が申すには、きっと足柄屋さんは見舞いに来てくれるだろうが、そんな心配はしなくていいと伝えたいと言っているんです。本人の口から直接お話しすればいいことなんですが、あの子はこんなことになって、かえってご心配をおかけしたから、合わせる顔がないと言いまして。それで、私が代わりに……」

母親はしずしずと言った。

「そんな気にすることはありませんよ。ちょっと、八郎に会ってもよろしいですか」

「ええ」

与四郎は家へ向かった。後ろから、大家が付いてくると思ったが、「ちょっと、長屋の連中で集めたお足を取ってきますから」と、一度とば口の家に戻ったようだった。

与四郎が土間に足を踏み入れると、

「旦那、申し訳ございません」

目が痛々しく腫れている八郎がすぐさま謝ってきた。

「なにを言っているんだ。私の方こそ、すまなかったね」

「いえ」

八郎が首を動かすのも辛そうに、横に振った。

「まだ旦那に頼まれた件もわかっていません」

「そのことなら、もう平気だ」

「え？　でも、横瀬さまが……」

「本当に平気なんだよ。それをお前さんに伝えようと思ったときに、こんな風になっちまって」

「そうでしたか」

「それより、誰にやられたんだ」

与四郎は小さく、重たい声できいた。

「知らない人です」

八郎は即座に答える。

その様子が妙に、気になった。

「本当に知らない人かい」

「ええ」

「でも、知らない人にいきなり襲われるなんて……」

「なんでかわかりませんが」

八郎は俯いた。

「まあ、何か手伝えることがあれば太助にでも言ってくれ。できる限りのことは、させてもらう」

「ありがとうございます」

「では、またな」

与四郎は早々に引き上げて行った。

襲った者は知らないというが、そんなはずはないと感じた。

庇っているのか、それとも、再び襲われることを恐れているのか。いずれにせよ、隠したがっていることには違いなかった。

二

千住宿には、飯盛り旅籠が三十六軒、飯盛り女が百五十名いる。この辺りを縄張りにしている岡っ引きが説明した。この岡っ引きは、昨日、八郎が襲われた件で、探索に当たった者だ。

「まあ、よくあることです」

岡っ引きは半笑いで答えた。

どうやら、まともに調べた感じではない。八郎という名前すら覚えていない体たらくであった。

新太郎はこの岡っ引きは初見だが、向こうは新太郎の功績を方々で聞いているようだ。年齢は変わらないくらいだが、やけに丁寧な口調であった。

八郎の話を突っ込んできくが、

「殴られた男が飯盛り女に会わせろと無理を言って、店の若い衆に殴られただけでしょう」

と、さも知ったかのように答える。

「ほんとうにそれだけですかい」

「ええ、ほんと些細(ささい)なことですぜ」

「それで、店の若い衆をどうした？」

「注意しておきました」

「注意だけ？」

「そりゃあ、相手に非がある。無理やり女に会わせろなんてね。金がないのに女に会おうっていう意地汚ねえ野郎です」

「だが、大けがを負わせているのに」

「それくらいが、いいんです。もうお話しできることはありませんよ」

岡っ引きは面倒くさそうに話を打ち切った。

新太郎はその飯盛り旅籠の場所を聞いて、そこへ向かった。『葛飾屋(かつしかや)』というこぢんまりとした店構えであった。

主人は五十過ぎの小太りの男で、新太郎がここに来た訳を伝えると、露骨に嫌そうな顔をした。

新太郎は気後れせずに、

「すでに話しているかもしれないが、俺にも教えてくれ」

と、言い放つ。

相変わらずの表情で、

「たしかに、十八、九の男が訪ねてきました。うちで働いてくれている子に話があるとかで」

と、主人は答えた。

「ふたりは会ったのか」

「うちの若い衆に任せました」

「若い衆はどうしたので」

「一応、あの子に伝えに行ったようですけど」

「それで？」

「会わずに終わりましたよ」

「会わせなかったのか」

「違いますよ。その男が突然逃げ出したんですよ」

「逃げ出す？」

主人の話では、いまいち状況を摑めない。

「あとで、その若い衆の話をきけるか」

新太郎は確かめた。

「いえ、仕事があるものですからね」

主人はため息混じりに言う。

「すぐに終わらせる」

「迷惑なのですが」

「どうしても、調べる必要がある」

新太郎は強く言った。

「……」

主人は鬱陶（うっとう）しそうに、口を歪める。

「探索に協力したくない訳はなんだ？　変に疑われかねぬぞ」

新太郎は威圧する。

「昨日は岡っ引きの親分が来て、ありもしない疑いをかけて帰っていきましたよ。今度はうちの若い衆をしょっ引こうというわけですか」

主人の声が大きくなる。

それに自分で気づいたのか、口調を少し緩やかにしながらも、

「手前どもがやったわけではありませんよ」

と、むっとして言い返す。

「もちろん、わかっておる。何か手掛かりがないか探ってみただけだ」

「……」

「あまり手間はかけない」

「いや、そう仰って(おっしゃ)も」

「あまり困らせるんじゃねえ」

新太郎は穏やかながらも、重たい声を出した。

「少しだけですよ」

主人は嫌そうな顔をしながらも、新太郎を店の中に通した。廊下を奥に進んだ先にある六畳間に案内する。

「茶も何も出せませんが」

「構わん。飯盛り女以外に、何人雇っているんだ」

新太郎は出し抜けにきいた。

「女中がひとり、若い衆がひとりです。女房は帳場でそろばん勘定をするだけです」

主人が淡々と答える。

「念のため、三人と会えるか」

「ええ……」

主人は女房、女中、そして若い衆を連れて戻ってきた。

「私はちょっとやらなくてはいけないことがありますんで。すぐにしてくださいよ」

と、主人は出ていく。

新太郎は、さっき主人にきいたことを、三人にまとめてきいた。

女房と女中はなにも知らないと答える。

「ちょっと気になることがないでもありませんが……」

若い衆は回りくどい言い方をした。

「なんだ」

「でも、それが本当に関わりがあることかわかりません」

「どんなことでもいいから言ってみろ」

新太郎が促す。

「昨日訪ねてきた男は、古い知り合いだから、うちにいる子に会わせてくれと言ってきたんです。それで、とりあえず、男に名前を聞いて、あの子に八郎という男を知っているか確かめたんです。あの子は知らないと言って、でもせっかく訪ねてきた人だからと下りてきました」

若い衆はひと息入れてから、続けた。

「でも、あの子が下りてくることを八郎さんに伝えて、わかりましたと言われたのですが、その後、何があったか、急に店を飛び出しまして……」

「急にか」

「ええ」

「何か変わった状況は？」

「見ていたわけではないので、なんとも言えませんが、八郎さんは後ろから誰かに話しかけられたような気もするんです」

「声を聞いていたのか」

「ぼんやりとです」

「だが、どんな声だった」

新太郎は鋭い目つきできいた。

「少し甲高い声だったと思います。言葉遣いが荒くて」

「若い男の声だったか」

「声の感じですと……」

若い衆は答えた。

なんとなく、北次郎ではないかと思えた。特徴は似ている。それに、久太郎から北次郎と八郎のことを聞いた後だったから、余計にそう思ったのかもしれない。

「ところで、北次郎という男は知っているか」

「どちらの北次郎さんでしょう」

「深川永代寺門前町の北次郎だ」

「深川永代寺門前町……」

「背が高くて、色が白い。いいところの倅だが、悪事の末に親に見捨てられた男だ」

まだまだ付け加えることは沢山あったが、そこまで言ったところで、

「ああ、もしかしたら、北さんのことですかね」

と、若い衆は首を傾げた。

「どんな奴だ」

「女衒に天人の北と呼ばれている男がいるんです」

「天人の北？　通り名は、彫り物から来ているのか」

「一度湯屋で見たことがあるのですが、まあ、見事な彫り物です」

「そいつはこの店とも関係あるのか」

「ええ、何人か北さんが連れてきた子を入れました。あの子もそうですよ」

若い衆は伝えた。

天人の北がお稲を『葛飾屋』に売ったのだとしたら……。

「お前さんが八郎と話している声を聞いたのが、天人の北っていうことはねえか」

「どうでしょう。ちょっと、わかりません」

若い衆は首を傾げる。誤魔化そうとしているようには見えなかった。

新太郎は『葛飾屋』を離れると、再びさっきの岡っ引きのもとへ行った。

「またですか」

面倒くさそうな顔をされたが、

「いや、天人の北という男について訊きたい」

と、新太郎が言った。

すると、岡っ引きの顔つきが急に強張（こわば）った。

「あいつが何かしたんですか」

さっきより引き締まった声になる。

「もしかしたら、あいつが八郎を襲ったかもしれない」

「え？　昨日の夜でしたよね。たしか……」

岡っ引きは思い出すような口ぶりで、

「たしかに、あいつも千住に来ていました」

と、言った。

「天人の北の素性を知っているか」

「深川の方の乾物屋の倅のようです」

「やはり」

「奴は千住で荒稼ぎしているんで、ずっと目をつけているんです」

岡っ引きの声がきつくなる。

「女衒以外にもしているのか」

「ええ、賭場(とば)を開いたり、偽物の富くじを売ったり、細かい悪事を含めれば十や二十は超えるでしょう」

「だが、同じ稼業の者に目をつけられねえのか」

新太郎は口にする。

「それが、天人の北が来てから、千住のやくざの大物が急に死んだんです。それで、組がばらばらになって、弱まっているもんですから、天人の北が勝手なことをできるんで」

「その親分の死因は？」

「溺死です。酔っぱらって落ちたようですが、北が関わっているかもしれませんがね。なにしろ、奴だという証がないもんですから」

「それはいつ頃だ」

「一年くらい前ですかね」

「そのやくざの手下だった奴らは、北の仕業と言っていないのか」

「不思議なことに言わねえんです。まあ、あのやくざも質の悪い野郎で、周囲からも相当恨まれていましたし、手下も死んでよかったと思っているはずですよ」

岡っ引きはそう言ってから、

「あっしにしてみりゃ、やくざと北の揉め事はどうでもいいんです。ただ、ここらで面倒なことを起こさなけりゃ」

と、気張る。

新太郎は千住のやくざたちにも、天人の北のことを聞いて回った。新太郎が岡っ引きとわかると嫌そうな顔をするが、天人の北という名前を聞いた途端に、皆、話しはじめる。やはり、『深川屋』の倅、北次郎だとわかった。

「どうして、天人の北のことは教えてくれる？」

新太郎は何人目かに話をした若いやくざにきいた。

「奴を好きな野郎なんかいません」

「どうしてだ」

「やり方が強引で」

「お前たちも同じような者ではないのか」

「いえ、これでもわきまえていますぜ。だが、奴は歯向かおうものなら有無を言わさずに殺しかねませんからね」

「北には仲間がたくさんいるのか」

「いえ、ひとりです」

「だったら、そう恐れることはないだろう？」

新太郎が言うと、若いやくざはむっとしながらも、

「奴のことを知らねえから、そんなことが言えるんです。巧妙にやって、証がないだけで、北に歯向かって、怪死した者はいくらでもいますぜ」

と、ため息交じりに言った。

「北はひとりでやっているのか」

「そうでしょうね。細いですが、なかなか力もありますし、すばしっこい。それに、金づるはいくらでもいるから困ることはない」

どこか、羨ましそうに言う。

「金づる？」

新太郎はきき返した。

「あいつが金に困っていないのは、賭場での儲け以上に、後ろ楯のような者がいるようで」

「誰だ」

「噂では、『春日屋』の旦那って」

「なんの店だ」

「千住で一番大きな宿屋で、宿の入り口の方にあります。ほら、赤い大きな看板の……」

若いやくざに言われて、ようやくわかった。

たしかに、大きな看板のところを見かけた。八郎がお稲に会いに行った飯盛り旅籠の五倍以上の大きさはありそうだった。

「その旦那っていうのは、どんな人物だ」

「あっしは関わりありませんよ」

北次郎のことでなくなると、急に突き放された。

新太郎は文句を言う訳でもなく、『春日屋』へ行く。どっしりとした黒光りの土蔵造りで、間口が五間（約九メートル）ある。

土間に足を踏み入れると、甘い香のにおいが鼻を掠める。

そして、ここに泊まると考えたら疲れも吹き飛ぶような、小さな大名の屋敷よりも豪華な内装が見える。

ちょうど、上がった客と荷物を運ぶ女中の後ろ姿がみえた。

番頭が新太郎に近づいてきて、

「あの、まだ昨日のことで調べているのですか」

と、きいてくる。

「よくわかったな」

「ええ、もうずっと千住できき回っていると、町内で噂になっています」

「歓迎されていないようだな」

新太郎が皮肉っぽく言うと、

「この辺りの者は、あまり揉め事が好きじゃないんです。悪気があるわけではありませんから」

番頭は返した。

「誰も揉め事が好きな者はいねえ」

「そうですね」

番頭は苦笑いして、

「で、ここに来たのは如何なる訳で？」

と、真面目な顔できいてきた。

「天人の北のことだ」

新太郎はゆっくり、低い声で言った。

番頭の様子を窺おうとした。

しかし、番頭はなんとも言えない渋い顔で、

「また、変な噂のことですかね」

と、漏らす。

「変な噂？」

「どうせ、うちの旦那が天人の北に金をやっているだとか、そんなことではありませんか？」

「ああ」

「誰が言っていました？」

「やくざ者だ」

「でしょうね。まあ、睨まれていますからね」

「どうして、睨まれている」

「みかじめ料を払わないからですよ」

「ずっとか」

「いえ、ここ一年くらいです」

「ここ一年っていうと、このあたりのやくざの大物が死んだそうだな」

「よくご存じで」

　番頭は少し驚いたように、眉（まゆ）を吊（つ）り上げる。

「そいつが死んだから払わなくなったのか」

「まあ、こちらも色々な事情がありますから。それより、昨日『葛飾屋』で誰かが殴られたことを調べているのですよね」

　番頭が話を切り替えた。

「それもある」

「それも？」

「ちょっと、旦那に話をききたい」

新太郎はやや強い口調で言った。この番頭は口が達者で、何かはぐらかそうとしているのが見える。

「いま忙しいものでして……」

案の定、番頭は断った。

「いつなら会える」

「今日は厳しいかもしれません」

「なに？　いま店にいないのか」

「外にでております」

「帰ってこないのか」

「一度帰って、またすぐに出かけてしまいます」

「では、その時に」

「いえ。帰って来るのが、はたしていつ頃なのか、全く見当もつきません」

番頭は淡々と話す。

「おい。旦那に近づかせないようにしてねえか」

新太郎は少し怒ったように言う。

「いえ、そんなことはございません」

「だが、ここまで会わせてもらえないっていうのもおかしいだろう」

「これだけの大きな宿ですから、色々と付き合いが大変なんです。お察しくださいませ」

番頭はよそよそしく頭を下げてきた。

「では、明日ならよいか」

「毎日忙しいですが……」

「だが、一生会えないということはないだろう」

「ええ……」

「なら、また来る。俺が来たことを旦那にちゃんと伝えてくれ」

新太郎は念押しして、『春日屋』を後にした。

三

その日の夜であった。

与四郎は今戸神社の裏手にある千恵蔵の家に行った。裏口にさしかかると、中から男ふたりの声がする。

中に入り、その声がする部屋に行くと、千恵蔵と新太郎がいた。

「ちょうど、よかった」

千恵蔵が与四郎を見るなり言った。

「よかったといいますと？」

与四郎は腰を下ろしてきく。

「こいつが千住に行って、八郎が襲われたことを調べてきた」

千恵蔵が、新太郎を指す。新太郎は小さいが力強く頷く。

「なにかわかりましたか」

与四郎は身を乗り出すようにきいた。

「はっきりとした証はないが、北次郎がやったに違いない」

新太郎が答える。

「親方が心配していた通りに……」

与四郎は胸騒ぎがした。自分のせいで八郎がそんな目に遭わされたという自責の念以上に、まだこれからも北次郎に襲われることがあるのではないか。

それから、新太郎が千住で調べてきたことを大まかに話してくれた。北次郎が千住のやくざたちから疎まれていることが妙に引っ掛かりながらも、

「どうして、北次郎は八郎を襲ったのでしょうか」

と、きいた。

「そこまではわからない。だが、お稲を『葛飾屋』に売ったのは北次郎だ」

「え？　北次郎がお稲を？」

与四郎が声を上げる。

「まあ、どういう経緯でそうなったのかは置いておくとしても、北次郎は女衒もやっていりゃ、賭場も開く。他にも悪事を積み重ねているし、金の面倒は『春日屋』という宿の旦那が見ているそうだ」

「待ってください。いま『春日屋』と仰いましたか」

「そうだ」

「千住の宿屋の『春日屋』ですよね」

「ああ」

新太郎が頷く。

「知っているのか」

千恵蔵が口を挟んで、きいた。

「うちのお客さまが、『春日屋』のお内儀さんなんです」

「え？　お前のところの？」

「はい。何日か前にもいらっしゃいました」

与四郎が答える。

千恵蔵と新太郎は顔を見合わせる。口にはしないが、互いに何やら思うところがありそうだ。

「お前さんは、『春日屋』の旦那を知っているのか」

千恵蔵がきいた。

「いえ、お内儀さんしかわかりません。それに、お内儀さんのことも私より、小里の方が詳しいと思います」

「そうか。小里さんが」

「何なら、小里を連れてきましょうか」

「いや、手間のかかることはさせねえ」

千恵蔵は気遣うように言い、

「だが、『春日屋』も北次郎を支えているだけで、八郎に恨みなど持っていないだろう」

と、新太郎にきいた。

「そうだと思います」

新太郎が答える。

「だが、どうして北次郎なんかを……」

千恵蔵は腕を組んだ。

「それは当人に訊いてみないとわかりませんね」

新太郎も首を傾げる。

「とりあえず、私は帰ったら小里に『春日屋』のことを訊いてみます」

与四郎はそう言って、

「そういえば、親分。勝山正太郎さまの件については何かわかりましたか」

と、千恵蔵に尋ねる。

「尚歯会に探りを入れたが、勝山が殺されたというような論調ではなさそうだ。もちろん、そう主張する学者もいたが、ひとりかふたりに過ぎない。主要な者は、勝山は己の問題で殺されたと言っている」

「己の問題といいますと？」

「わからねえが、大抵は金か女だろう」

「金か女……」

「勝山について、女ということはなさそうだ」

「では、金ということで？」

「かなりきっちりとしていて、細かいようであったそうだ。賭け事などはしないようだが、金を貸している相手が結構いたみてえだ。その中のひとりと揉めたのかもしれねえ」

千恵蔵はそう言ってから、

「勝山が誰にいくら貸しているという元帳さえあればいいんだが……」

と、舌打ちする。

新太郎は腕を組んだまま、堅い表情で、ずっと黙っていた。

「新太郎親分」

与四郎は声をかけた。

「なんだ」

新太郎が腕をほどいて、顔を向ける。

「久太郎の親方は、金槌のことを気にしています。勝山さまの死んだときにできた頭

の怪我が殴られたものだとしたら、八郎の金槌でやられたのではないかという疑いはまだ持っています

「この間も言っていたから知っている」

「すみません。何度も言うつもりはないんですが、私はまさか八郎がそんなことをするとは思えませんし、仮にそうだとしても、親分が言っていたように誰かに金槌を取られたり、もしくはそのかされたのかもしれないと思っています」

「うむ」

「でも、八郎は絶対に何かを隠しています。千住のやくざが北次郎を恐れているくらいでしたら、あの性根のいい八郎は病気がちの母親のこともありますし、北次郎に逆らえないと思うんです」

与四郎は必死に訴えた。段々と口調が強くなる。

新太郎はじっと与四郎の目を見て聞いていた。

息継ぎをしてから、

「これは強引なやり方かもしれませんが、別の件でもいいですから、北次郎を捕まえることはできませんか。それで取り調べをすれば、吐くかもしれません。それに、北次郎が娑婆にいなければ、八郎だって安心して話してくれるかもしれません」

と、思いを伝えた。

「そうだな」

新太郎は小さく呟(つぶや)く。

「だが、与四郎」

千恵蔵が重たい声で言う。

「北次郎に何の証もなければ、いずれ解き放つことになる。その時に、八郎が喋ったとでも疑われて、また襲われることも考えなくちゃならねえ」

「言われてみれば……」

「ここは慎重に進めた方がいい。万が一、勝山正太郎の死にも関わっているのだとしたら、八郎を襲った以上の罪だからな。そっちでも言い逃れできねえように調べなくちゃならねえ」

千恵蔵の顔つきは、寺子屋の主人ではなく、岡っ引きの時のものに戻っていた。

「まあ、俺たちに任してくれ」

新太郎が力強い眼差(まなざ)しを向けた。

「はい。出しゃばってすみません」

与四郎は千恵蔵の家を後にした。

与四郎は久太郎の家に行こうか迷った。八郎が誰にやられたか気にしているだろう。だが、北次郎が襲ったらしいと話せば、久太郎が親心から面倒なことを起こさないとも限らない。

迷ったが、与四郎は久太郎のところに顔を出し、

「まだ、八郎を襲ったことは調べている最中だそうです」

と、だけ伝えた。

久太郎は面白くなさそうな顔をしながら、

「八郎は何も教えてくんねえ。やはり、なにかやましいことがあるのか。金槌のことか……」

と、まだ勝山正太郎の死について引きずっている。

「もし、親方」

「なんだ」

「八郎が話さないのは、きっと、母親に迷惑をかけたくないという思いからなんじゃ……」

突然、思いついたことだった。

北次郎を恐れているのなら、これだけ救いの手を差し伸べているので、少しは話してくれてもいいはずだ。

親孝行な八郎であればこそ、母親の為を思って、ひた隠しにしているのかもしれない。

「どういう訳であっても、あいつが話してくれないことには、何もわからねえ。ずっと、腹を割るように言っているんだがな……」

久太郎が苦い顔をする。

「いいえ、親方がきくんじゃなくて、母親に訊かせてみては？」

「あいつのおっ母さんに？」

「ええ、もうすでにある程度知っているとなれば、八郎だって正直に話してくれるかもしれません」

「そうか。それもあり得るな」

久太郎が大きく頷いている。

顔が一瞬明るくなったかと思ったが、

「ただな」

と、急に伏し目がちになる。

「なにか問題でも?」

「おっ母さんとふたりきりで話せるときがねえ。八郎が常に看病しているからな」

「それなら、私が八郎をどこかに連れ出して話しましょう。その間に、親方が……」

「うむ、それならいいかもしれねえ。あいつはもう歩いているから、外に連れ出すのは難しくねえ」

久太郎の目が再び輝いた。

「では、明日にでも八郎の見舞いをかねて行ってみましょうか」

「そうだな」

ふたりは仕事終わりに、久太郎の家で集まることに決めた。

すでに五つを過ぎていた。

「では、明日」

小里に『春日屋』のことをきかなければならないので、与四郎は急いで帰った。

家に帰り、居間に行くと、小里が心配そうな顔をしていた。

「なんだ」

「いえ、八郎さんが襲われましたし、そのこともあって、お前さんが方々で駆けずり回っていると思うと心配になってきたんです」

「ちょっと口を利いたりするくらいだから。調べは千恵蔵親分と新太郎親分が当たっている」

「でも……」

小里が何か言おうとしているのを、

「それより、『春日屋』のお内儀さんがうちに来ていたな」

と、切り出した。

「ええ。どうかされたのですか」

「北次郎に金を遣っているのが、『春日屋』だっていうんだ」

「えっ……」

「まだ噂の段階だそうだが、それでも新太郎親分は確かめたがっている」

「春日屋さんね……」

小里が考え出した。

しばらく間を空けてから、

「たしか、あのお内儀さんがうちに来たのは、お内儀さんが銀之助さんから勧められたからって」

「銀之助さんっていうと、火事にあった『日高屋』の？」

「そうです」

小里が頷く。

「お内儀さんと、銀之助さんはどういう繋がりだ」

「そこまでは聞いていませんが……」

「ちょっと探ってみてもいいか」

「まあ、それくらいでしたら。ちょうど、明日にでも頼んでいたものを取りにくるはずですから」

　小里が答えた。

　そして、翌日。

　荷売りには、太助が行った。八郎のことを心配している様子だったが、「いま色々と新太郎親分が動いている。もう直、解決するだろう」と伝えた。

「ほんとですか」

　太助はほんのりと笑顔を見せて、元気よく店を出て行った。

　昼過ぎに、『春日屋』の内儀がやって来た。店の外では、駕籠を待たせている。手には風呂敷包みを持っていて、「うちの近所に新しく出来たお菓子屋さんで買ってきたのですけど」と、菓子折りを差し出した。

「お内儀さん、いつもそこまでしてくれなくてよろしいのに」

小里が遠慮がちに言った。

「いいえ、私は本当にこちらのお品が好きですから」

内儀が与四郎をちらっと見る。

「ありがとうございます」

与四郎は頭を下げた。

小里が頼まれていたものを渡し、代金を受け取り、

「そういえば、お内儀さんがこちらに来てくださるようになってから、もうひと月くらいは経ちますでしょうか」

と、切り出した。

「ええ、そうでしたね」

内儀が笑顔で頷く。

「うちを知ったのは、銀之助さんから聞いたからなんでしたっけ」

「そうですよ。あの人のところによく届け物をしに行くときに、ここを通っていたんです。それで、なにかのきっかけで足柄屋さんのお話をしたら、たいそう評判もよく

て、店を切り盛りしている夫婦も小僧さんも感じの良いひとだから、贔屓にしてやってくれと言われたんですよ」

「なるほど、そういうことで」

小里は大きく頷いた。

「恐れ入ります。銀之助さんは、お内儀さんにそんなことを仰ったとは一言も教えてくれませんで」

与四郎は愛嬌をふりまきながらも様子を窺う。

「あの人はちょっと変なところがありますからね。どうでもいいことは喋るくせに、大切なことを黙っていたりするんですよ」

「さっきからあの人という言い方をなさいますが、失礼ですが、どういったご関係で？」

与四郎がきいた。

「私の兄ですよ」

「え？　お兄さまで？」

「歳が十五も離れていますがね」

内儀が苦笑いする。

言われてみれば、どことなく目鼻立ちが似ている。

「といっても、うちの亭主とは同じ歳なんです。兄と亭主は幼馴染で、仲もいいんですよ」

内儀が弾んだ声で話す。そこから、内儀と『春日屋』の主人がどういう経緯で夫婦になるかを聞かされた。

小里はにこやかに相槌を打っている。

与四郎は機を見計らって、

「そういえば、春日屋さんは色々なお知り合いが多いと伺っていますが、深川あたりで他にもお知り合いが？」

と、きいてみた。

「うまれが永代寺門前町ですから。深川にも知り合いはいますよ」

「永代寺門前町ですか。というと、乾物屋の『深川屋』はご存じで？」

与四郎は確かめた。

小里が嫌そうな顔をする。すまないと思いながらも、どうしても北次郎とのことが気になっていた。

内儀はそんなに深く考えていないようで、

「もちろん。深川屋さんも、兄とうちの亭主より三つか四つ歳下ですが、昔からの馴染みなんですよ」

と、教えてくれた。

「それより、お内儀さん」

小里が話題を変えた。

あとで、小言を言われると思い、与四郎はこれ以上、『春日屋』のことを探ることはしなかった。

案の定、内儀が帰ってから、

「そこまで突っ込んだ話をして、気分を害されたらどうしてくれるのですか」

と言われた上に、

「八郎さんのことでも、お前さんがあまり介入しないでくださいよ」

と釘(くぎ)を刺された。

「すまない、気を付ける」

与四郎は謝った。

暮れ六つ（午後六時）が過ぎて、店を閉めてから、与四郎は約束通りに久太郎の家へ行った。

「親方」

「おう、忙しいのにすまねえな」

「いえ、私にも関わりがありますから」

「実は夕方に、おまえのかみさんがうちに来たみたいで」

「え？　小里が？」

「うちの奴が取り合ったんだが、あまり、面倒なことに巻き込まれるのは嫌だと言ったそうだ」

「それは、とんだ失礼なことを……」

「いや、うちの奴も俺に八郎のことで必要以上にお節介は焼くなって」

「そうでしたか。親方にも迷惑をおかけして」

　与四郎は頭を下げた。

「それはいいんだが、俺もあいつが心配でよ」

「ええ」

「だが、今日のところはまだ何も起こっていないし、少し大人しくしていようじゃねえか。互いのためにな」

久太郎が苦い顔で言う。

「八郎のところに行ってみますかえ」

「そう思ったが、あの母親に心配をさせたくない。もうしばらく様子をみよう」

久太郎が臆（おく）したように言う。

「そうですかえ。わかりました」

与四郎はそう言い、久太郎の家を出た。

自宅に戻ろうとしたが、『春日屋』の内儀が話していたことは新太郎に伝えておこうと思い、両国橋を渡った。

そして、駒形に向かう。

蕎麦（そば）屋の裏手から入り、

「新太郎親分、与四郎でございます」

と、呼んだ。

少しして、新太郎がやってきた。

「なんだ、ここに来たのか」

「ええ」

「さっきまで千恵蔵親分がいて、これから『足柄屋』へ行くと言っていたんだ」

「では、行き違いで……」

「ああ」

新太郎は頷き、

「で、『春日屋』のことか」

と、きいてきた。

「はい。内儀さんの兄というのが、火事にあった銀之助さんのようで」

「なに、『日高屋』か」

「日高屋さんと、春日屋さんも昔からの馴染みのようです」

「それで、『春日屋』が北次郎を……」

新太郎の目が鋭く光った。

与四郎は新太郎に何を考えているのか、喉元(のどもと)まで言葉が出てきたが聞けなかった。

「とりあえず、私はまだ色々と気にかかることもありますが、後は親分にお任せします」

与四郎は深々と頭を下げて、『足柄屋』に帰った。

裏口を入ると、太助が台所で洗い物をしていた。

奥の部屋から太い男の声がする。

「千恵蔵親分か」

与四郎は確かめた。

「はい。旦那さまのことを待っているようで」

与四郎は急いで客間へ行った。

襖を開け、

「親分、お待たせしました」

と、口を開く。

「もしや、新太郎のところに行っていたんじゃないかと思ったんだが」

「え、ええ……」

小里もいる手前、なかなか堂々と『春日屋』の内儀のことを伝えに行ったと言えなかった。

「無駄足を運ばせちまったな」

「いえ、それより、御用というのは？」

「勝山正太郎のことでな」

「はい」

「以前、この辺りの小間物屋に用があると言っていただろう。それが、ここじゃないとわかったんだ」

千恵蔵は堅い表情ながらも、安心させるように言う。

「そうですか。それはよかった。四年前まであった、『西屋』という小間物屋だったんですかえ」

「いや、そこまではわからない」

「勝山の部屋に入って行った若い男について、何かわかったんですかえ」

与四郎はきいた。

「いや、まだだ。ただ」

「ただ、なんですね」

「その若い男は正面の入り口ではなく裏口から『日高屋』に入ったにしても、二階に行く階段は帳場の近くにある。帳場にいた銀之助が気づかなかったのか、ちと腑に落ちねえ」

千恵蔵は淡々と語ってから、

「ひょっとして、嘘をついているってことも」

と、眉根を寄せた。

「誰がですかえ」

与四郎はきき返す。

「客だった行商人の男はほんとうのことを話しているとみている」

「じゃあ、銀之助さんが？　でも、どうして、そんな嘘を……」

「これから調べる」

千恵蔵は答えてから、

「今日来たのはお前たちを安心させるためだ」

と、与四郎と小里を交互に見て言った。

「親分」

小里が口を挟む。

千恵蔵が小里に顔を向ける。何を言おうとしているのか、与四郎にはわかっていた。

「もうこれ以上、うちのひとが火事の件や、八郎さんの件で関わることがないようにしてもらいたいんです」

小里は深刻な顔で訴える。

「わかっている。あとは、俺と新太郎に任せろ」

千恵蔵は力強く言った。

四

数日後の朝。

『足柄屋』に八郎が訪ねてきた。太助が荷売りに出たばかりの時だった。小里は千住の『春日屋』に届け物をすると言って、出て行ったところであった。

八郎は与四郎を見て、

「旦那だけで、ちょうどよかった」

と、安心するように言った。

「よかった？」

与四郎が笑いながらきき返すと、

「いえ、お内儀さんや太助に余計な心配をかけてしまいますから」

「それだけ、お前さんが皆から可愛がられているってことだ。それより、もう歩き回ってだいじょうぶなのか」

「ええ、もうなんともありません」

八郎は腕をまわして、

「うちの親方が大げさなものですから、千住の件も変に疑られて……」

と、言い訳のように言う。

「親方じゃなくても、あれくらい心配はする」

「本当に大したことはないんです。酔っ払いに絡まれただけですから」

「それで、あんな怪我になるものか」

いくら八郎が口で説明しても、にわかには信じられなかった。

「それは、千住の岡っ引きに聞いてもらえばわかります」

八郎はどことなく落ち着かない様子で答える。

「もしや、北次郎にやられたんじゃないのか」

与四郎はずばりきいた。

「いえ」

「本当か」

与四郎が問い詰める。自然と手に力が入っていた。

「北次郎さんとは何も……」

「だが、千住に出没しているそうじゃないか」

「え？」

八郎が驚いたように声をあげる。

「天人の北っていうのは、北次郎なんだろう」

「いえ、それは……」

「それで、お稲を『葛飾屋』に売ったのも北次郎だ」

「……」

「それは知っていたか」

「……」

「どうなんだい」

与四郎は優しい口調で、八郎の顔を覗きこんだ。八郎は瞬時に顔を背けたが、すぐに戻す。

「北次郎が千住にいることは確かなんだろう」

「そのようです」

八郎は小さな声で呟いた。

それ以上は答えてくれないだろうと思って、突っ込んできかなかった。

「だいぶ、よくなっているな」

与四郎は安心するように言った。

「ええ、旦那のおかげです」

「いや、俺は何もしていないよ」

「とにかく、もう元気になったので、心配はご無用です。親方が何を言っても気にしないでください。本当に大丈夫ですから」

八郎はそう告げた。

それから、明日から仕事に復帰すると言い、

「大家さんから、旦那の心づけを頂きました。本当に助かりました」

と礼を言って、帰った。


朝は晴れていたのに、昼頃から重たい雲が空を覆い、雨がぱらついてきた。西の空にはもっと重たい黒い雨雲が控えていて、これから雨脚が強まりそうだ。

傘を持っていっていない小里を心配していると、雨がそれほど激しくならない頃に、小里が帰ってきた。

「千住はどうだった？」

「ええ、『春日屋』に行ったんですけど」

小里が暗い顔をする。

「なにかあったのか」

与四郎の声が強張る。

「北次郎を見かけたんです」

「『春日屋』の裏手です。あそこの旦那との話が耳に時に入ってきて。死体だとか、ばらすだとか……」

小里が身をすくめて言う。

「死体だと？」

「ええ、それから、北次郎は懐から金槌のようなものを取り出しました」

「なに、金槌」

与四郎は胸が騒ぎ、

「それから？」

と、きく。

「わかりません。恐くて、すぐにその場を離れました」

「で、北次郎に気づかれたか」

与四郎は確かめた。

「わかりません。顔は見られていないのですが、話を聞かれたとは気づいているかもしれません」

「千住からの帰り道に何もなかったなら平気だと思うが」

与四郎は呟くように言う。

「尾けられている感じはなかったですけど」

「だが、用心するに越したことはないな」

与四郎は北次郎の顔を思い出し、怒りが湧いてきた。もし、新太郎が調べた通り、千住のやくざの大物を殺したり、他にも似たようなことをしているのだとしたら、油断はできない。

八郎が襲われたことも、まだ解決したわけではない。

やったのが北次郎だとしたら、何か理由があるはずだ。それ次第で、また何をされるかわからない。

それに、八郎と親しい太助だって、難癖をつけられないとも限らない。

「商売が終わったら、新太郎親分のところに行ってくる」

「今のことを言いに行くのですか」

「そうだ」

与四郎は力強く答える。

「それなら、私も一緒に行きます」

小里が弱気に言い出した。

「だが、両国橋を渡らないといけないし」

「いえ、ひとりでいると落ち着かないような気がして」

「そうか……。わかった」

与四郎は頷いた。


暮れ六つが過ぎ、店を閉める頃、太助が帰ってきた。

深刻な顔をして、息を切らしていた。

「旦那、八郎さんが……」

「なんだ。また、やられたのか」

与四郎は声を上げた。

「いいえ」

太助は肩で息をしながら首を横に振り、

「家に帰って来ていないそうなんです。大家さんが探していて」

と、苦しそうな声で伝えた。

「あいつは朝ここに来たんだが」

「ええ。おっ母さんにも、ここと、親方のところに行くと、出がけに伝えていたそうです」

「親方のところには？」

「昼前に行ったそうです。それで、四半刻程話して、もう家に帰ると言って……」

「でも、帰ってきていないんだな」

「はい」

太助は咳き込む。

呼吸を整えてから、

「すみません。また、北次郎の仕業だったら……」

と、顔を歪ませる。

「とりあえず、新太郎親分に伝えないと」

「一応、町役人には言ったみたいですが……」

「そうか」

ふたりの会話を聞いていたのか、小里が心配そうに近づいてきた。出かける準備が出来ているようで、羽織を着ていた。

「私のせいじゃなければいいですけど……」

小里が俯き加減に、ぼそっと言う。

「お前のせいじゃない」

与四郎はすかさず否定した。

「お内儀さん、どうしたんですか」

太助がきく。

「いえ、今朝『春日屋』に行ったら、北次郎とあそこの旦那がよろしくない話をしているのを聞いてしまったんです。なにか、関係しているんじゃないかと思って……」

「そんなことはないから、気にするな」

与四郎は声をきつくした。

「そうですよ。お内儀さんは全く関係ありませんよ」

太助も庇うように言う。

「だといいんですけど」

小里は意気消沈したまま、与四郎と共に新太郎の家へ向かった。

少し早歩きで歩いたが、小里はぴったり身を寄せて付いてきた。

新太郎の家に着いたとき、ちょうど見廻り(みまわ)から帰ってきた新太郎と戸口の前で会った。

「ふたり揃(そろ)って……」

新太郎はすぐに何かあったと察したようで、

「北次郎か」

と、厳しい目できいた。

「はい」

「ともかく、入れ」

新太郎は中に招じた。

客間で向かい合った。

「話してくれ」

新太郎が催促した。

「はい」

与四郎は、小里の代わりに千住での話を伝えた。

「『春日屋』か。やはり、なにかあるのかもしれねえな」

新太郎の声は重たくなった。

「それに加えて」

与四郎は告げる。

「まだあるのか」

新太郎が顔を向けた。

「八郎の姿がないと」

「なに？」

「久太郎親方のところへ行ったことまではわかっているのですが」

大家が探していることや、町役人には伝えてあることも告げた。

小里が気弱な声で口を開く。

「あの、私のせいじゃないかって……」

与四郎が慰めようとする前に、

「それは考えられる」

と、新太郎は目を鈍く光らせた。

「やっぱり……」

小里がため息を漏らす。

「だが、お前さんたちが何かすることはない。今日はちゃんと戸締りをした方がいい。早めに『足柄屋』に帰りな」

新太郎が言った。

ふたりは素直に従った。

夜空に、月が浮かぶ。

「お前さん、大丈夫かしら」

小里が落ち着かない様子で言う。

「ああ」

与四郎は短く答え、小里の手をぎゅっと握った。小里も強く握り返す。

路地を通り抜ける風の音がやけに不気味に鳴っていた。

第四章　裏の顔

一

新太郎が五人の手下を引き連れて佐賀町の自身番屋に顔を出すと、八郎の母親と久太郎がいた。母親は上がり框に腰を下ろしている。久太郎は土間で壁にもたれながら腕を組んでいる。ふたりとも、気弱な表情をしているが、まだ久太郎の方がしっかりとしているようだった。

「親分、見つかりませんか」

久太郎が肩を落としてきく。

「まだだ」

「そうですか。おっ母さんも心配でいても立ってもいられねえって」

母親に目を向けると、力の抜けた声で、

「私がいくら心配したところでどうにかなるわけではありませんが」

と、弱々しく言った。

「いま皆が探してくれている。心配しなさんな」

新太郎は母親には家で八郎の帰りを待ってもらいたかった。ここにはそんなに人が入りきらない。

「そうだ、あいつは逃げ足が速いから、何かって時にはちゃんと逃げられる」

久太郎は自身を落ち着かせるように言った。

「いつも心配をおかけして、それにも拘らず良くしてくださって、本当にありがとうございます」

母親は久太郎だけでなく、新太郎や自身番の家主にも深々と頭を下げる。

「しばらくしたら見つかると思う。ここは人の行き来も激しいから家で待っていた方がいいと思うが」

新太郎は自分が送るつもりで言った。

「たしかに、親分の言う通りかもしれねえな。おっ母さん、こんなところまで来させて悪かった」

久太郎が言う。

「いいえ。どうしても、ここで待っていてはいけませんか」

母親はきいた。

「そういうわけではないが」

「邪魔にならないようにしますから。ここに居させてください」

母親が頼み込んだ。

新太郎はそれを認めて、奥の板敷の間にいさせた。

それから、手下たちにそれぞれどのあたりを捜索したらいいのかを指示して、

「俺はここにいるから、何かあったら、すぐに戻ってこい」

と、手下たちを送り出した。

「親分、俺はどこを？」

久太郎も指示を仰ぐ。

「お前さんも随分探し回っただろう」

「いや、まだ深川一帯しか」

「お前さんは家にいたらどうだ？」

「家で大人しくしてろっていうんですかい？」

久太郎は不満そうに眉根を寄せる。

「もしかしたら、八郎がお前の家にやってくるかもしれない。その時に、お前さんが

いた方がいいだろう」

　新太郎は落ち着いた声で言った。

「ああ、そういうことですか」

　久太郎の険しい顔が晴れる。

「でも、その前に教えてください。足柄屋のお内儀さんが恐い目に遭ったとか聞いて……」

「いや、別に痛めつけられた訳じゃない」

　千住で北次郎と春日屋の、死体だとか、ばらすだとかいうよからぬ話を耳にして、北次郎は懐から金槌を取り出したということまで話すと、

「親分、それは」

　久太郎は、はっとした。

「八郎のだと言いたいんだろう」

「ええ。北次郎が勝山の殺しに使った金槌を渡したんですよ。ほら、ここのところ、千恵蔵親分とかがずっとあの件で調べなおしていますから、恐くなったんじゃないですかい」

　久太郎の目が鋭く光る。顎に手を遣り、まるで岡っ引きの様であった。

たしかに、北次郎の商売道具でもないのに、金槌を持っているのはおかしい。それが八郎から借りるなり、奪うなりしたものだとしてもおかしくない。

しかも、北次郎がそれを使って勝山を殺したという見立ては、飛躍しすぎているとも思えない。

「だがな……」

新太郎はそう決めつけるのを慎重になった。

まだ千恵蔵が尚歯会から内密に聞き込みを行っている最中だ。

仮に尚歯会や蘭学者の存在を疎ましく思う者の仕業だとしたら、北次郎に殺しを頼む理由がわからない。

幕府であれば隠密がいるだろうし、蘭学を嫌う一派であっても、北次郎ではないはずだ。それに、今まで北次郎が殺(や)ったのかもしれない怪死を見てみると、いずれも水死したり、石段から転落したりと、外で行っている。

わざわざ、殴打して、火事まで起こすことに、何か理由がなければ、そこまでしないはずである。

「親分は北次郎の肩を持つんですか」

久太郎は痺(しび)れを切らすようにきいた。

「いや、そうじゃない」

「明らかに、状況からしておかしいことがありますぜ」

「それは俺も認める」

「だったら」

「北次郎がそこまでする理由がまだ見つけられねえんだ」

新太郎は言って聞かせた。

「理由ですか、そんなの……」

久太郎は考え込んだ。

「まあ、捕まえてみないとわかりませんが」

「いくら北次郎だって、殺すには何らかの理由があるだろう。それがわからないうちは、捕まえることはできねえ」

「でも」

久太郎は言い返そうとした。

「わかってる。あいつを野放しにすりゃ、大変なことになるくらいは」

「それなら、なんとかしてくださいよ！」

久太郎の声が大きくなる。

外から自身番屋に近づいてくる足音が聞こえた。

新太郎と久太郎は話を止めた。

「誰(だれ)か来ますぜ」

久太郎が言う。

湿っぽい靄(もや)の中から、千恵蔵が姿を現した。

新太郎は腰を上げる。

「八郎が帰らないって？」

千恵蔵は土間に入るなり言った。

家主が新しい手ぬぐいを取り出し、これを使ってくれとばかりに差し出した。

「すまねえ」

手ぬぐいで顔や頭、そして軽く濡(ぬ)れた着物を拭(ふ)き、

「太助が来て、そう言っていたんだ」

「あいつは、いまどこに？」

新太郎は千恵蔵の後ろにいないのを確認してきいた。

「思い当たる場所を訪ねてみるって」

「どこでしょう」

「日本橋や神田の方にいくつかあるそうだ」

「でも、こんな夜遅くに、ひとりだと」

「剣術の日比谷先生も一緒だ」

千恵蔵が答える。

「小里さんが北次郎と春日屋がよからぬ話をしているのを耳にしたって？」

千恵蔵が上がり框に腰を掛けた。

「ええ。死体だとか、ばらすだとか、そんなことだとかの言葉だそうで」

「ちゃんと、そのふたりが話しているのを聞いたのか」

「柱の陰から見ていたって。それで、恐くなってこっちに帰ってきたんです。その後に、こういう騒ぎになったものですから、小里さんも自分のせいじゃないかと心配しまして」

「そうか」

千恵蔵は力なく言う。

それから新太郎は、

「北次郎が金槌のようなものを持っていたそうで」

と、告げた。

「俺も金槌の行方は気にして調べていた。落とし物をくまなく聞いてみたが、金槌はどこにもねえ。八郎が金に困って質に入れたかもしれねえと、質屋でもくまなく探してみたが」

千恵蔵が首を横に振る。

「だったら、なおさらその金槌が」

久太郎が声を大きくする。

興奮した様子で、さらに続ける。

「八郎は北次郎を恐れているんですよ。それなのに、おっ母さんの薬代もちゃんと払っていました。仕事をひと月も休んだら、暮らしていくことができませんよ。いくらか北次郎からもらっているに違いありませんって」

「たしかに、そうかもしえねえが」

千恵蔵は語尾を濁す。

「親分、それで勝山殺しの方はどうなんで？」

新太郎はふたりを見比べてからきいた。

「勝山が殺された日、尚歯会の奴らは芝神明町（しんめいちょう）にある料理屋に集まっていた」

「料理屋に？」

「寄合があったようだ」

「だから、殺しには関わりがないと？」

「一応、尚歯会だけではなく、品川の岡っ引きからも奴らが料理屋に集まっていたと聞けた。嘘ではないだろう」

「でも、誰か他の者に頼んで殺させたっていうことも考えられませんか？　ちょうど、その日に皆が料理屋に集まっているっていうのが……」

新太郎が首を傾げる。あまりにも偶然が過ぎると新太郎は疑った。

千恵蔵の手下をしている時にも、「お前は常に疑ってかかる。悪いことじゃねえが、それを顔や態度に出しちゃいけねえ」と言われていた。

「勝山は料理屋の寄合に欠席すると断りを入れている。その文も見せてもらった。理由として、私用があるということだ」

「私用ですか」

「勝山は方々で金を貸していて、よく回収しに江戸にやってくることもあったそうだ」

「そうでしたね。ただ、いつも泊まっている宿ではなく、『日高屋』に泊まったっていうのはどういう訳で」

「おそらく、こっちの方にその当てがいたんだろう」

「ということは、以前にも、勝山が佐賀町に来ていたことになりますよね」

「いや、そうとは限らねえ。なかなか返してもらえねえもんだから、痺れを切らしてここまでやって来たということも」

「なるほど、それは一理ありますね。それに……」

新太郎が続けようとしたとき、千恵蔵も何か言ってきて、言葉が重なった。

「すみません」

新太郎が譲ると、

「銀之助もちょっと調べてみる必要があるな」

千恵蔵が小さい声だが、鋭い口調で言う。

「どうしてです」

新太郎は身を乗り出す。

「あの人の話が食い違うことがあるんだ。前に喋ったことと、いま言ったことが違っている。それを指摘すると、歳だから覚えていないと言い訳するんだが……」

千恵蔵は首を傾げる。

「おかしいな」

突然、久太郎が食い入るように千恵蔵を見ながら声をあげる。

「すみません」

謝りながらも、

「それはねえと思うんですが」

と、口を歪ませる。

「どうしてだ」

千恵蔵はきいた。

「先月のことですよ。あの人が火事に遭ってから、金を貸してくれと頼んできたんです。少しまとまった金だったんですが、八郎も世話になりましたし、町内でもそれなりに頑張ってくれたんで、貸してやったんですよ。それが小判を十枚と、二朱銀を四枚だったんです。それで、先日返しに来てくれたんですけど、その時に、『そういえば、去年のことになるが、八郎が『日高屋』の屋根を直した時に、誤って滑って瓦を四枚割ってしまったことがあったね。その時の費用はもらっていなかったから、返す分から引いておきましたよ』って何食わぬ顔をして言ってきたんです」

久太郎は段々と声が激しくなり、

「それで、瓦が一枚二朱で、四枚だからって言って、小判十枚だけを返してきたんです。そんな去年割れた瓦の数を覚えているような人が、忘れるはずはありませんよ」

と、声高に言い張る。

「案外些細なことを覚えていて、大切なことを忘れるというのも歳を取ったらあることだが、ちょっとおかしいな」

新太郎は神妙な顔で、何やら思考を巡らせた。

やがて、改まった顔で、

「銀之助さんは金に困っていたのか」

と、久太郎に訊ねた。

「火事で財産を失くしたので」

「それより前は？」

「どうでしたか……」

久太郎は少し考えてから、

「たしかに、昔はあの人が吉原に遊びに行くところを見かけましたが、近頃ではさっぱり見なくなりましたね。宿だって、あの大きさに見合うだけの客は泊まっていなかったようですし、火事の前から苦労していたかもしれませんねえ」

と、言った。

千恵蔵は無言で、何か考えこんでいる。

新太郎にも、脳裏に過ったことがあった。

同じことを考えているかもしれないと思いつつも、その場は何も言わないでおいた。

少しして、町役人が自身番屋に戻って来た。

「いま町内の有志を集めて、探しに行かせています」

「そこまで……」

久太郎は複雑そうに町役人に頭を下げた。

その声が聞こえたのか、奥の間から母親が出てきた。

「ほんとうに、倅のことで……」

母親はさっきと同じように、深々と頭を下げる。

「いえ、これだけのひとで探せばすぐ見つかるでしょう。じゃあ、私も行ってきますんで」

町役人は出て行った。

それから、間を空けずに太助が自身番屋に入って来た。

息を切らしながら、

「日本橋堀留町の方で、八郎さんらしい男が見つかったっていう報せがあったようで、いま日比谷さまと横瀬さまがそっちへ向かっています」

と、声を弾ませていた。

「なに、ほんとうか」

一同の顔が明るくなった。

二

それから、四半刻（しはんとき）も経（た）たない頃。

日比谷がやってきて、

「八郎だった」

と、告げた。

「やっぱり、そうでしたか！」

太助が声をあげる。

奥の間から、母親が出てきた。

「おっ母さん、八郎が見つかったってよ」

太助が母親の手を取る。

母親は安堵の言葉を述べるよりも、

「ありがとうございます」

と、涙ぐんでいた。

「いや、よかった」

久太郎が母親の背中をさする。

母親は涙を袖で拭ってから、

「本当にご迷惑おかけしました」

と、ひれ伏すように頭を下げた。

「おい、止せ止せ」

久太郎が母親の肩を引っ張るように、上体を起こす。

「そうですよ、八郎さんのせいじゃありませんから」

太助も添えるように言った。

新太郎は微笑ましく思いながらも、

「それで、八郎はどうしているんです？」

と、日比谷にきいた。

「向こうの岡っ引きが話を聞いておる」

「そうですか」

新太郎は立ち上がった。

そして、千恵蔵と一緒に自身番屋を出た。

太助は、もう五つも過ぎているので、家に帰らせた。

やがて、日本橋堀留町にたどり着いた。

佐賀町の自身番屋よりも大きなところであったが、手前には家主たちがいる場所、奥には板敷の間という中の様子は同じであった。

奥の間で、堀留町の岡っ引きと、その手下のふたりが八郎を囲んでいた。八郎は小さくなっていた。

「千恵蔵親分」

その岡っ引きは千恵蔵に挨拶(あいさつ)してから、

「さっき、こいつを探しているご浪人がやってきました」

と、言った。

「日比谷さまだろう」

「ええ」

「どこにいたんだ」

「杉森稲荷(すぎのもりいなり)の境内にいました。怪しかったので声をかけたんです。そしたら、佐賀町の大工の見習いだとわかって、手下が日比谷さまがそんな男を探していると言い出したんです」

「そうか、よくやってくれた」

千恵蔵は励ます。

「ただ、何があったか話してくれねえんです。別に、悪さをしていた様子ではなく、むしろ何かに怯(おび)えている様子で……」

岡っ引きは眉を顰(ひそ)めた。

「俺たちに任せてくれねえか」

千恵蔵は言った。

新太郎も岡っ引きに目で訴えた。

「はい」

素直に譲ってくれた。

千恵蔵はにじり寄ってから、

「また北次郎か」

と、優しい口調できいた。

「いえ、その……」

「恐がることはねえから、素直に言ってごらん」

「……」

まだ口ごもる。

「おっ母さんや親方にも迷惑をかけることになるぞ」

新太郎が言う。

「はい、それは本当に申し訳なく思っています」

八郎が頭を下げた。

「お前さんだって、話してすっきりしたいだろう」

新太郎は促した。

「……」

また黙り込んだ。

「詳しいことはまだ喋らなくていいが、北次郎かどうかだけを教えてくれ」

千恵蔵が顔を覗(のぞ)きこむ。

「……」

「北次郎なんだな」

「……」

八郎は千恵蔵と新太郎を交互に見る。

目が合うと、辛(つら)そうで、さらに申し訳なさそうな顔になる。責め立てているようで、こっちも気後れがした。

心なしか、八郎の体が小刻みに震えていた。

新太郎は八郎の肩に手を置き、

「なあ、お前さんが苦しむ姿をこれ以上見たくねえんだ」

と、深い声を絞りだした。

「すみません」

「北次郎か」

「ええ」

八郎が小さく頷いた。

新太郎と千恵蔵は顔を見合わせる。

「北次郎以外にも、仲間はいたか」

千恵蔵がきいた。

「いえ、いません」

尻すぼみの声だった。

「詳しい話を聞かせてもらっていいか」

「なにから、話せばいいのか」

八郎は首を曖昧に動かした。

「まず、お前さんと北次郎の関係を教えてくれ。友だちではねえだろう？」

千恵蔵が当然のように言った。

「はい」

「あいつはあまり素行がよくないもんな」

「え、ええ……」

「脅されていたのか」

「いえ、脅されていたといいますか」

「正直に答えていいんだぞ。もう、北次郎が娑婆に出られねえようにしてやるから」

「え？　どういうことですか」

「あいつはそれくらいのことをやらかしているんだ。お前さんが正直に話してくれたら、あいつを捕まえられる」

千恵蔵が言い切る。

「本当ですか」

「ああ」

「本当に、本当で？」

八郎は信じられないのか、何度も確かめる。

「嘘はつかねえ」

千恵蔵はしっかりと八郎の目を見て答えると、

「親分の言う通りだ。お前さん次第だから、力を貸してくれ」

新太郎が口を挟む。

「そうですか……」

八郎は指を絡ませながら、じっと自分の手の一点を見つめていた。

千恵蔵は待った。新太郎も見守る。

しばらくすると、八郎が顔を上げる。

「親分たちの考えている通りです」

八郎は心もとない声を出す。

「北次郎に弱みでも握られていたのか」

「いえ」

「金をもらっていたのか」

「初めはそうでした」

「それは、母親の薬代のための金か」

「そうです。あっしの稼ぎだけじゃ、どうしても足りませんので。北次郎さんがあっしが金に困っていることをどうやって知ったのかはわかりませんが、初めは深川から千住に荷物を運ぶだけで、二分くれました」

「それから？」

「他のときにも、荷物を運んだり、届けものをしたり、大したことじゃないのに、二分くれるようになっていきました」

「今まで、全部でいくらくらいもらったんだ」

「数えていませんが、三月くらいですから、十両にはなったと思います」

「金槌を渡した時も、金をもらったのか」

「そうです。すぐに返すからと言われて、いつものように何も考えずに渡してしまって……」

「その時も、二分を？」

「いえ、いつもより多い二両をもらって」

「変だとは思わなかったのか」

「多くもらえれば、ありがたいですから。ただ、後で振り返ってみるとおかしいなとは思いましたが……」

八郎の声が段々と小さくなっていく。

「お前を責めているわけじゃねえが、どうして北次郎が金槌を持っているのか気になってな」

「何に使ったのかはまったくわかりません。それで、翌日の朝、失くしたと言われまして。それで、仕事に出られませんでした」

「親方にすぐに相談しなかったのはどうしてだ」

「叱（しか）られると思いました。大工道具を粗末にする奴は大工として失格だと何度も言われていたので。それに、北次郎さんが探せばあるかもしれないと言っていましたので」

「北次郎が何かまずいことをしたって、思わなかったのか」

「全く……」

八郎は首を横に振った。

もう八郎の顔は憔悴しきっていた。

「あとひとつだけきかせてくれ」

「はい」

「お前さんはどうして姿をくらましていたんだ」

「それは……」

「また北次郎に何かされるって思ったのか」

「ここのところ、北次郎さんがやたらとうちにやってきて、脅迫めいたことを言って帰るんです」

「言葉だけじゃねえだろう」

新太郎が口を挟んだ。

「殴られたり、蹴られたりもしました」

八郎が新太郎をちらっと見て答える。

「で、今回は本当にまずいんじゃねえかって思ったのか」

千恵蔵はきいた。

「そうです」

八郎が項垂れるように頷いた。

千恵蔵と新太郎は目を見合わせた。もっと詳しくきくことがあるが、とりあえず、北次郎のことを自供させただけでも収穫だ。

「あいつのことで、もうこれ以上恐がることはねえ」

千恵蔵は八郎に安心させるように言い、佐賀町に移った。

三

その頃、与四郎は佐賀町の自身番屋にやって来た。小里も一緒について来た。番屋には、久太郎と八郎の母親がいる。

また日比谷や、横瀬の姿もあった。

ふたりとも、八郎に何もなくてよかったと言い、

「それにしても、どうしてあいつがそんなに色々なことに巻き込まれるのだ」

と、横瀬がきいてきた。

「それは……」

与四郎は北次郎のことを話してよいのかわからず、「人柄がいいので、面倒なことに巻き込まれやすいのでしょう」と答えるにとどまった。

「噂でしかないが、北次郎という遊び人が関わっているとか」

横瀬はさらにきいた。

「本当のところはわかりません」

与四郎は濁した。横目で小里をみると、余計なことを言わないで安心している様子であった。

「お前さんなら何か知っていると思ったんだがな」

横瀬はそう言い、日比谷と顔を見合わせた。

続けて、母親が近づいてきて、

「足柄屋さんには、ほんとうにいつもお世話になりっぱなしで。どうお詫びと、感謝をしていいのか」

と、何度も頭を下げた。

与四郎は当たり前のことしかしていないと話したが、母親はずっと倅の不手際と、与四郎への感謝を口にする。

「いえ、本当になんともなくてよかったですよ。つい、万が一のことも……」

与四郎は切り替えるように言った。

「お前さん」

横から小里が注意した。

「いえ、いいんですよ、お内儀さん。私も実はそれを一番心配していましたから」

母親が細い声で答えた。

そんな話をしているうちに、八郎を連れた新太郎が戻ってきた。

「八郎」

母親は倅に近寄るなり、

「皆さんにお詫びしなさい」

と、言いつけた。

八郎は素直に従う。

千恵蔵はいないのかと思っていると、

「おい、ちょっといいか」

新太郎が与四郎の耳元でささやいた。

「はい」

与四郎は新太郎について、自身番屋の外に出た。小里がくっついてきた。

「なんだ、お前さん。心配はいらねえよ」

新太郎が小里に言う。

「いえ、親分。うちの人がまた大変なことに巻き込まれては……」

「千恵蔵親分から、そんなことはするなとみっちり言われているから安心しな」

新太郎が答える。

「え？」

小里は軽く首を傾げた。

「親分が誰よりもお前さんの心配をしているのをわかっているだろう」

新太郎が意味ありげに言う。

「どういうことですか」

与四郎はつい口調が強くなった。今まで、何度もそんな気がしていた。必要以上に、小里のことを思い遣る。だが、考えすぎなだけかもしれないと、口に出さずに我慢してきた。

「別に深い意味はない」

新太郎はいつもの低い声で言う。

「親分はいまどちらに？」

小里がきく。

「ちょっと、調べることがあるって言っていた」

新太郎は多くを語らなかった。

小里は、

「それで、うちの人に何をしてもらいたいんですか」

と、少し強い口調で言う。

「八郎とおっ母さんを一時的に匿ってやってくれねえか」

「匿う？」

小里がきき返す。

「やはり、北次郎に狙われているんですか」

与四郎がきいた。

新太郎は与四郎を見て、

「そのようだ。千恵蔵親分が火事の件で調べ出してから、奴が八郎にやけにつきまとっているみたいでな、あの金槌も北次郎に盗られたままのようだ」

と、険しい目で語った。

「それなら、私たちが……」

与四郎が言いかけると、

「でも、親分のところにいてもらった方が安全ではありませんか」

小里が言い返す。

「それも考えたが、うちは一階は料理屋になっているし、二階になるとおっ母さんが上れない」

「では、親方のところは？」

「お前たちが駄目だったら聞いてみる。だが、久太郎のところは部屋が余っていないからな。内弟子もいるし、おかみさんは清元の師匠でその弟子も出入りをしている。そういうわけで、お前たちに頼むんだ」

新太郎は心苦しそうに言ってから、

「別にお前たちに押し付けたいわけではない」

と、付け加えた。

「わかっています」

与四郎は新太郎に同情するが、小里は顔を曇らせたままだ。

その時、自身番屋の戸が開いて、久太郎が出てきた。

「耳に入ったもので」

久太郎がそう言いながら、

「八郎はもともと内弟子で、うちにいたんです。あっしのところに来るのが当たり前じゃありませんか」

「でも、母親がいますよ」

新太郎が窺う(うかが)うようにきく。

「だいじょうぶです。あっしのところなら、あの母子も安心でしょう」

久太郎はいくぶんむきになって言う。

「親方が引き受けてくれるなら、願ってもないことです」

小里が折り目正しく、頭を下げた。

「本当によろしいので?」

与四郎は確かめた。

「当たり前だ」

久太郎は再び自身番屋の中に入る。

与四郎たち三人も戻った。

そして、八郎と母親にいま決まったことを新太郎が伝えた。

数日後。

太助は荷売り(にないう)り、小里も近所に用があって出ているときに、『足柄屋』に千恵蔵がやって来た。

「遅くなってすまねえ。八郎を見つけたあと、すぐに来なきゃならねえと思っていたんだが」

千恵蔵は出し抜けに言った。

「いえ、親分が何か調べているって」

与四郎はきいた。

「ああ、お前さんも俄かには信じられねえと思うが」

「なんです？」

「銀之助を調べている」

「『日高屋』の旦那を？」

「そうだ」

「勝山さまの隣に泊まっていた客のことをききに行ったのですか」

「いや、そうじゃねえ。順を追って話すが」

千恵蔵は咳払いしてから、

「北次郎が八郎から金槌を取り上げた。俺があの火事のことを調べ始めてから、奴は八郎に脅しをかけてきた。八郎はなぜだかわからないっていうが、金槌のことを話させないためだろう」

と、まずは与四郎も知っていることを話す。

与四郎が頷くと、千恵蔵は続けた。

「北次郎が勝山を殺したというのは、まず間違いない。だが、その訳だ」

「なにか揉め事を起こしていたのですか」

「その形跡はねえ。勝山は上方の医者で、江戸にはちょくちょく来るが、北次郎と会ったということもない」

「では、誰かに頼まれて？」

「ああ」

「もしかして」

与四郎は、はっとした。

「銀之助さんが北次郎に頼んだとでも？」

「十分に考えられる」

「でも、そんな人では……」

「俺もそう思いたいが、銀之助の言っていることがいろいろと変わっている。それに、隣に泊まった客についても嘘を言っている」

「え？　嘘だったんですか」

与四郎は自然と眉間に皺が寄った。

「新太郎の調べによると、隣の客は亀戸の土産物屋の男だとわかった。それが、わざわざ『日高屋』に泊まるなんておかしい」

「ええ」

「銀之助と勝山正太郎の間に金のことで揉め事があったかもしれない。勝山は方々で金を貸していたし、その回収のためにあの時は江戸にやって来たそうだ。それに、銀之助は金のことで困っていた」

「……」

与四郎は言葉が出てこなかった。

「ともかく、北次郎はうまいことに殺しの形跡を残していねえ。だから、銀之助が奴に頼んだとしたら、銀之助の口を割らせなきゃならねえんだ」

千恵蔵は険しい表情で言う。

「それで、銀之助さんのところに行っていたんですね」

「ああ」

「どうでしたか」

「駄目だ。知らぬ存ぜぬの一点張りだ」

「まあ、やっていても、やっていなくてもそうでしょうね」

「ただ、銀之助は悪人じゃない。かなり悩んだ上で、北次郎に話を持ちかけたはずだ。それに、良心は残っていると見えて、嘘をついていることに苦しんでいる目をしていた」

「もしかして、銀之助さんを捕まえて、拷問にかけるってことも？」

「そこまではしたくない。だから、お前さんのところに来たんだ」

千恵蔵は改まって言った。

「えっ、どうして私に？」

「与四郎、お前が一番銀之助と親しかったからな」

「親しいといっても」

「わかってる。だが、銀之助はお前のことはかなり信頼していた。だから、日比谷さまのことだって頼んだんだろう」

「そうですけど」

与四郎が答えると、

「他に銀之助が信頼を置いている人はいない。お前なら話してくれるかもしれない」

千恵蔵が熱いまなざしを向ける。

「与四郎」

「はい」

「頼まれてくれるか」

「ええ」

与四郎は流れに任せて引き受けた。

千恵蔵の顔が少しほころんだ。

「小里さんは？」

「ちょっと近所に。すぐに帰ってくると思います」

「じゃあ、待たせてもらってもいいか」

「ええ、構いませんが……」

与四郎は、ふとこの間、新太郎が言った言葉を思い出した。

千恵蔵が小里のことを誰よりも心配している。

なぜ、そこまでする必要があるのか。

不思議でたまらない。嫉妬ではないが、何かもやもやとした心中に、与四郎は思わずため息をついた。

「どうした？」

「いえ、ちょっと……」

「なにか、言いたいことがありそうだな」

千恵蔵の目が鋭くなる。

少し迷ってから、

「この間、新太郎親分に言われたんです。親分がうちの女房のことを誰よりも心配しているって」

と、与四郎は言った。

「なに、新太郎が？」

千恵蔵が舌打ちをする。

「どういうことなんです？　親分が親切にしてくれるのはわかりますが、どうしてそこまで……」

与四郎は軽く身を乗り出す。

「新太郎が勝手に言っているだけだろう」

「でも、あながち間違っていないですよ」

「それはだな……」

千恵蔵が苦い顔で、こめかみを掻く。

「まさか、変な心を抱いているわけではありませんよね」

与四郎は思わず言った。

それから、すぐに言い過ぎたと思った。

「すみません」

「いや、そう思われても仕方ねえか」

千恵蔵はため息をついた。

「違うのであれば、構わないのですが」

「いや、実は俺にも娘がいてな……」

千恵蔵が深い声で言う。

「親分に娘さんが？」

「死んだ女房との間の子どもだ。ちょうど、小里さんと同じくらいの年頃だから、つい自分の娘のように思えてきてな」

「そうでしたか」

「すまねえな。変に心配かけて」

「いえ、こちらこそ、無用なことを聞いてしまい……」

与四郎は頭を下げた。

その時、小里が帰ってきた。

「あっ、親分」

小里は引きつった顔をしていた。

普段であれば、笑顔で挨拶を交わすところなのに、

「なにかあったのか」

と、与四郎は心配になった。

「いま突然襲われそうになりまして。たまたま、横瀬さまが通りがかったので、その者は逃げていったのですが」

「え？」という与四郎の声と、「なに、誰に襲われたんだ」という千恵蔵の声が重なる。与四郎は千恵蔵と顔を見合わせてから譲った。

「誰だかわかったか」

千恵蔵が再びきいた。

「後ろ姿しか見えなかったのでわからないのですが、背の高い男でした」

「北次郎じゃねえのか」

「そんな気がしなくもありません」

小里が答える。

千恵蔵の目つきに、急に怒りがにじむ。

途端に、千恵蔵が飛び出した。

「親分」

与四郎は追いかける。

千恵蔵は大通りを辺りを見渡しながら走る。

だが、以前と比べて足が遅くなった。歳のせいもあるかもしれないが、怪我をしたのもあるだろう。

与四郎が四辻の角で追いつき、

「北次郎を探しているんですか」

と、きいた。

「ああ。もし追いかけてきたのに気づいたなら、まだこのあたりで見張っていると思ってな」

千恵蔵は四方八方に注意を向けながら話す。

両国橋に目を向けると、橋のたもとで、口に楊枝を咥えた背の高い男が欄干に寄りかかりながらこっちを見ている。

遠目にでも、透き通った肌に、整った顔立ちがわかる。

北次郎だ。

「いやがった」

千恵蔵はそこへ向かって駆け出した。

北次郎は楊枝を吐き捨てて逃げ出した。

両国橋の大勢の通行人をかきわけ、大川の向こうへ渡る。

だが、橋を渡り終えたときにはすでに見失っていた。

「親分、手分けして探しますか」

与四郎はきいた。

「いや、もう姿をくらましている。それに、捕まえたところで、勝山殺しに関しては口を割らないだろう」

「銀之助さんにしゃべらせるしかないと？」

「ああ」

千恵蔵は力強くうなずいてから、与四郎に顔を向けた。

「北次郎はきっと勘違いしているんだ」

「勘違いといいますと？」

「小里さんも勝山の件で千住まで行ったと思ってやがるんだろう」

「そういえば」

贔屓（ひいき）にしてくれている千住の内儀の亭主は、北次郎の面倒を見てやっている。あの様子だと、内儀は北次郎のことをよく知らないはずだ。

ただ、亭主は北次郎の面倒を見てやっているということは、何かしら北次郎に頼みごとを聞いてもらっているのかもしれない。

真相はわからないが、小里がそれを探っていると勘違いされていることも十分に考えられる。

「小里さんの身のためでもある」

千恵蔵は念押しする。

「ええ、わかっています。今からでも、銀之助さんのところへ行ってきますが、銀之助さんが頼んだという見立ては間違えていないでしょうね」

「十中八九、いやそれ以上だ」

「万が一、違うってなったら」

「違うにしても、あの人が何かしら知っていないとおかしい。嘘までついているくらいだ」

「そうですね」

与四郎の腹はすでに決まっていたが、色々と探ってみた。

千恵蔵は岡っ引きとしては、奉行所も天下一と認めるほどの実力で、その鋭い推察は未だに引退を惜しまれているほどだ。

与四郎は一度家に帰って、小里に訳を話してから銀之助の住む日暮里へ行こうと考えた。だが、その考えをすぐに捨てた。

「親分、ちょっと『足柄屋』へ行って、このことを小里に話してくれませんか」

「俺がか」

「私が言うより、親分の方がちゃんとわかってくれるはずです」

「そうか」

千恵蔵はすぐに納得して、引き受けてくれた。

「では」

与四郎は日暮里へ向かって歩いて行った。

八つ（午後二時）の鐘が本石町の方から聞こえてきた。

四

鳶(とび)がやけに低く飛んでいた。西からは重たい雲が流れてくる。

日暮里についたのは、それから半刻(はんとき)もかからないうちだった。田んぼのなかにぽつんと佇(たたず)む水車のある寮に足を踏み入れた。

土間で声をかけると、十五、六の下男が出迎えた。

「銀之助さんはいらっしゃいますかな」

「へい、どちらさまですか。もし、岡っ引きの方ならお引き取り頂くようにと」

「いや、岡っ引きではありません。佐賀町の『足柄屋』主人、与四郎と伝えてもらえますかな」

与四郎が頼むと、下男はいそいそと廊下を奥へ行った。

余程警戒しているのだろう。

やがて、銀之助がやって来た。前に会ってからまだひと月も経っていないのに、随分と頬(ほお)がこけた気がした。

「お前さんかい」

銀之助は疲れた顔ながら、にこりと笑顔を見せた。

「旦那、大丈夫ですか」

「なにがだい」

「随分とお疲れのようですが」

「いや、ここのところ、今戸の千恵蔵親分がやたらとここに来てな」

「どんな御用で？」

あえて、訊ねて様子を探ろうとした。

「火事のことだよ。まあ、こんなところで立ち話もなんだから、中におはいり」

「お言葉に甘えて」

与四郎が履物を脱いで、上がり框に足をかけると、銀之助は踵（きびす）を返して廊下を進んだ。与四郎は付いていく。

以前来た裏庭の見渡せる八畳間に通される。

正面に腰を下ろすと、すぐに下男が茶を運んできた。

下男は茶を差し出すときに、与四郎の顔をじろじろと見ている。

「なんです？」

与四郎はきいた。

「いえ、なんでもありません。旦那さまが足柄屋さんのことをいつも褒めてらっしゃるので、どんな方かと思いまして」

下男はまだ目を離さずに答える。

「いいんだよ。失礼なことをするんじゃないよ。あっちにお行き」

銀之助は下男を追い払った。

下男が去ると、

「すまないね。まだここに来て十日くらいなんだが、何から何まであの調子で、物事をじっくりと観察してくる奴なんだよ」

銀之助はため息を漏らした。

「利発そうで、結構なことじゃありませんか」

「いや、失礼ったらありゃしない」

「そのくらいがいいと思いますよ」

「他人だからそんなことが言えるんだよ。一緒に暮らしていると、常に監視されているようで嫌になっちまうよ」

銀之助の顔がひきつる。

与四郎もつられるように苦笑いしてから、

「旦那はお変わりございませんか」

　と、改まってきいた。

「深川もいいところだけど、歳を取ってからはこっちの方が落ち着いていていいね。火事では迷惑をかけたけど、いい機会だったかもしれないね」

「そうですか。それなら、よかったんですが」

「そっちは何か変わりないかい。商売の方は？」

「相変わらず、女房と小僧のおかげで成り立っています」

「結構なことだよ」

「ええ、そうなんですが」

　与四郎はどうやって切り出そうか悩んでいた。あまりに唐突だと、銀之助が警戒しそうだ。

「町内の皆さんは達者かい」

「ええ」

「そりゃ、よかった」

「でも、八郎が……」

　与四郎は言いかけた。

「あいつがどうしたんだい」

銀之助の声が重たい。

「近頃、やたらと面倒なことに巻き込まれて。つい先日も姿をくらまして」

「……」

銀之助はそのことを知ってか、それとも驚いてなのか、目を大きく見開いて固まった。「永代寺門前町の『深川屋』をご存じですか」

「ああ、もちろん」

「そこの倅の北次郎っていうのに、うまく使われているようなんです」

「使われている？」

「八郎は北次郎を恐れてか、なかなか話しませんのでわかりませんが、どうやら金槌を北次郎に盗られたとか」

「……」

銀之助の顔が険しくなる。

「それで……」

言いかけた時、

「お前さんも、親分に言われて来たんだね」

急に口調も変わった。

「お気を悪くなさらずに」

「それはおかしいじゃないか。まるで、私を疑ってかかっているようだがね」

「そんなんじゃありません」

「でも、私が北次郎を使って、勝山さまを殺させたっていうんだろう」

「いえ」

「そんなことならもう話すことはありません。お前さんはわかってくれると思ったが、残念だな。もう関わらないでおくれ」

銀之助が言い放った。

「旦那」

「帰っておくれ」

銀之助は立ち上がり、襖(ふすま)を開けた。

「待ってください。私の非は謝ります」

「謝って済むもんじゃないよ」

「重々承知です。ですが」

与四郎は銀之助の袖を摑(つか)んだ。

「放しておくれ」

「聞いてください」

「だから、もうお前さんとも関わりたくなくなっちまったよ」

「いえ、お願いです」

「しつこいな。帰りなさい」

銀之助が腕を振り払った。与四郎の手が袖から外れた。

わざとなのか、それとも勢い余ってなのか、銀之助の足が与四郎の腕に当たる。

「小里が北次郎に尾けられているんです。どうか、お願いですから」

与四郎は引き下がらずに、畳に頭を付けた。

「やめてくれ」

「お願いです」

「私になにをしろというんだ」

「本当のことを話してください。なぜ、勝山さまの隣の客のことで嘘をついたのか。それと、勝山さまとはどのような間柄だったのか。すべて話してください」

与四郎は頼み込んだ。

「……」

銀之助がじっと与四郎を見る。

与四郎は見返す。

心の中では、お願いだから早く白状してくれと言わんばかりに銀之助を見つめた。

「ともかく、今日は帰ってくれ」

さっきよりも、銀之助の声が柔らかかった。

与四郎は為すすべなく、とぼとぼと帰って行った。

『足柄屋』に到着すると、

「お前さん」

小里が案の定心配してきた。

隣では違う表情をした千恵蔵が佇んでいる。

「すみません」

与四郎は頭を下げた。

「駄目だったか」

「親分の言う通り、良心の呵責（かしゃく）があるのか、迷っているようにも見えましたが……」

与四郎は答えてから、

「すまなかった。だが、これはどうしてもやらなきゃならないと思っているんだ」

と、小里に説明した。

「親分から事情は聞きました」

小里は冷静な声で、

「北次郎ならまだ危ないでしょうが、銀之助さんならお前さんの方が喧嘩をしても勝てると思い、今日のところはそれほど心配ではありませんが」

と、意外にも責められない。

きょとんとしていると、

「小里さんも早く北次郎が捕まってくれることを願っているようだ」

千恵蔵が言う。

小里は力強く頷いた。

「銀之助さんの口を割らせるのは難しいかもしれません。ここに来たときから親切にしてくれて、心根はいいひとですが、どこか頑固で気難しいところがあります。悪いとわかっていても、考えを曲げられない人です。亡くなったお内儀さんの言うことしか、耳を傾けません」

与四郎は帰り道に考えていたことを口にした。

「親分、これからどうするのですか。うちの人が何度もしつこく訪ねても、きっと口を割らないどころか、北次郎にでも頼んで何かしでかすかもしれません」

小里が眉間に皺を寄せた。

「そうだな。元々、そこまでするような悪人ではないはずなのに……」

「きっと、やむにやまれぬ事情だったのでしょう」

小里が珍しく悪事に同情する。

「そうだろうな」

千恵蔵が頷く。

三人とも黙り込んだ。

どうすれば、銀之助が正直になってくれるか。

「こうなりゃ、無理にでもやるしかねえか」

千恵蔵が嫌そうに言い、

「すまねえ。あとはこっちでやるから。迷惑をかけたな」

千恵蔵は詫びて、去って行った。

与四郎と小里は表まで見送ると、

「お前さん、銀之助さんが勝山さまという方を殺したとしても、拷問に遭わせるのは余りにも酷な気がしませんか」

小里がぽつりと言う。

「もうあの歳だ。白状しなければ、死んでしまうだろう」

「そうならないようには、何とかできないのでしょうか」

「いくら考えても、思いつかねえ」

与四郎は首を横に振り、店に戻った。

翌朝、与四郎は再び日暮里の寮を訪ねた。

しかし、下男が拒否をした。

「旦那さまはどなたともお会いになりません」

予期したことだった。

「それでしたら、こちらを渡しておいてもらいたい」

与四郎は懐から文を差し出た。

昨日の詫びと、困ったことや悩んでいることがあれば、相談してほしいという旨を書いた。

「へい」

下男は受け取った。

その帰り道、佐賀町の自身番屋付近で新太郎と会った。

「いま銀之助さんのところへ行ってきたところですが」

「駄目だったか」

「もう会ってもくれません」

「仕方ない」

新太郎が深くため息をついた。

「火事の数日前に、銀之助と北次郎が会っていたという話も聞いた」

「そうですか」

「それだけじゃない」

新太郎は言葉を区切ってから、

「大坂の勝山の暮らす家にあった台帳に、銀之助に金を貸したと記載されていたそうだ」

「では、ますます銀之助さんと勝山の関わりが……」

与四郎は息が詰まりそうになった。

「そうだな。もう間違いないだろう」

「これから、どうなさるつもりで？」

「明日にでも、捕まえることになるかもしれない」

「そしたら、拷問に？」

「素直に答えなければそうだ」

新太郎が低い声で答えた。

「そうですか……」

与四郎は新太郎と別れると、『足柄屋』に戻りかけたが、もう一度日暮里へ行った。

下男が、

「何度来ても旦那さまの気持ちは揺らがないと思いますが……」

と、申し訳なさそうな顔をしている。

この下男はすでに状況は把握しているだろう。だが、今まで何を聞いても話してくれなかった。

しかし、今日の顔つきはいつもと違った。

「お前さんは、本当に何も知らないのかい」

与四郎は改めてきいた。

「はい……」

下男が小さな声で答える。

「そうか。明日、もしかしたら銀之助さんがお縄にかかるかもしれない」

「えっ」

「そしたら、もう二度と娑婆に出てこられないかもしれない。拷問に耐えられるかも……」

与四郎は自然と険しい目つきになっていた。

その時、奥でどすんという音がした。

与四郎が気になっていると、

「あの」

下男が恐る恐る声をかけてきた。

「どうした」

「旦那さまが北次郎さんに殺しや付け火をさせたということはありません」

「だが、もう言い逃れできないほどの証は出てきているそうだ」

「そうじゃないんです。旦那さまは殺しまで頼んでいないのに、北次郎さんが勝手に殺したんですよ」

「どういうことだ」

与四郎はきき返し、

「旦那さまが勝山さまの借金のことで悩んでいるところに北次郎さんが近づいてきて、『俺がなんとかしてやる』と相談に乗ったそうです。それで、旦那さまの願いとは裏腹に、勝手に殺したそうです」

「北次郎はなんのために？」

「勝山さまは他にもお金を貸していまして、その証文を持っていたそうです。北次郎さんはその証文を盗むために」

「では、それを使って、勝山さまが貸している金を回収して、自分の懐に入れたのか」

「おそらく」

下男が頷いた。

「お前さんは、どうしてそんなことを知っている？」

「この前、北次郎さんと話しているのを耳にしました。嘘じゃありません。旦那さまはそれでも、こんなことになってしまっては言い逃れできないと悩んでいるんです。だから心配なんです」

「心配？　まさか」

与四郎ははっとした。

「おい、さっきの音はなんだ」

「え……」

与四郎は上がると、急いで奥の部屋に駆けつけた。

さっきのどすんという音が気にかかる。

廊下を進むと、

「右手が旦那さまの」

下男が言う。

与四郎は襖を開けた。

「あっ」

与四郎の目に欄間に縄を括り、首を吊っている銀之助の姿が見えた。踏み台が近くに転がっている。

慌てて、銀之助を抱きかかえ、縄を外す。

その場に横たわらせて、息をたしかめた。

「まだ少しはあるようだ」

与四郎は心の臓あたりを強く押した。

「戻ってきてくれ。銀之助さん」

何度か繰り返していると、銀之助は咳き込んだ。

それが収まると、目をうっすらと開ける。

「銀之助さん！」

「お前さんか」

銀之助が力のない声で言う。

「今まで勘違いしていてすみませんでした」

「何がだい」

「まさか、北次郎が勝手にやったことだとは知らずに……」

「どうして、それを」

銀之助が下男を見る。

「すみません。あっしが言いました」

「余計な事を」

「でも、このままでは旦那さまが捕まってしまうと思ったからです」

下男は泣きそうな顔で答えた。

「だから、その前に命を落とそうと思ったんだ。あの男に相談したのが、そもそもの間違いだった。まさか、殺すとは……」

　銀之助は呻いた。

「北次郎はなぜ火を放ったのですか」

「勝山が倒れた拍子に行灯を倒したそうだ。北次郎は付け火はしていないと言っていた」

「そうですか」

「いずれにしろ、私が勝山さまを殺したようなものだ」

　銀之助は小さなため息を漏らす。

「ともかく、誤解は解かないと。お裁きになるかもしれませんが、きっとお奉行さまの裁量で何とかなりますよ」

　与四郎は力強く言った。

　銀之助は何も答えず、ただ頷いた。

「では、これから千恵蔵親分を呼んできます」

　与四郎は立ち上がった。

　部屋を出るとき、振り返った。

　銀之助が再び、首をくる気力はないと思うが、念のために下男に目で合図した。

下男はわかったとばかりに頷いて返した。

外に出ると、すっかり陽が暮れていた。

大川から吹く風が、やけに涼しく感じられた。

五

翌日の明け六つ（午前六時）前。

与四郎、千恵蔵、そして日比谷の三人は吉原のある見世に来た。

昨晩、ここに北次郎が泊まったと、吉原の岡っ引きから聞かされていた。

本来なら定町廻り同心の今泉五郎左衛門が捕縛に当たるべきだが、まだ捕縛すべき証がないと慎重なので、千恵蔵は勝手に動いた。

新太郎は他の件に当たらないといけないそうで、千恵蔵はひとりで行くと言っていたが、与四郎は相手が北次郎なので心配であった。しかし、自分が来たところで何の役に立つのかわからないので、日比谷に頼んできてもらった。

日比谷には事のあらましを全て伝えてあった。

日比谷は、

「殺さないで仕留めればいいのだな」

と、確かめた。

「ええ、そうしてください」

千恵蔵が答える。

確認が終わったところで、三人は見世に入った。番頭に訳を話すと、素直に泊まっている部屋を教えてくれた。

階段を静かに上がる。

部屋の前に来て、

「行くぞ」

千恵蔵が囁く。

三人の呼吸が合うと、千恵蔵が襖をばっと開けた。

「北次郎、観念しろ」

千恵蔵が低い声で言い放った。

「きゃっ」

女郎が悲鳴を上げる。

北次郎は飛び起き、もろ肌の腹に巻いたさらしから匕首を取り出す。天人の彫り物の顔が覗いていた。

口にはしないが、立派なものだった。

三人は逃げられないように、窓を背にして囲んだ。

北次郎は見渡すと、突然、与四郎に飛び掛かった。

与四郎は咄嗟に避けた。

袖口で衣の裂ける音がする。血が滲んでいる。

「与四郎」

千恵蔵が咄嗟に駆けつけた。

「親分、大丈夫です」

顔の向きを変えると、北次郎が部屋を出て、階段を下りていく音がした。

「任せろ」

日比谷が追いかける。

「とりあえず」

千恵蔵が着物の切れ端で出血した腕を巻いた。

「傷口が膿むといけねえ。すぐに帰んな」

「いえ、私も追いかけます」

「馬鹿、怪我が悪化したらどうする」

「これくらいなら大丈夫です。見た目ほど、深くやられていません」

与四郎は返し、

「それより、早く追いかけましょう」

と、立ち上がった。

腕以外に痛みはない。

与四郎は駆け出した。

「小里さんにまた叱られるぞ」

千恵蔵に文句を言われながらも、

「構いません」

与四郎は千恵蔵とともに北次郎を追っていった。

仲町（なかのちょう）を抜け、大門（おおもん）を出る。

北次郎は千住の方へ逃げて行った。

朝早いこともあって、辺りには人がいない。

少しして、日比谷に追いついた。

「すまぬ。奴はどこかに隠れたんだが、見過ごしてしまった」

日比谷が肩で息をする。

「いえ、私が不用心で」

与四郎も頭を下げた。

次の角を曲がると、一本道で木々もないから先まで見渡せる。その道は千住宿に続いていた。

いくら足が速いといっても、もう千住宿にたどり着いたということはあるまい。

辺りを見渡すと、道のはずれに古寺がある。

「あそこかもしれない」

日比谷が指す。

「あの寺を調べてみてくれ」

日比谷はそう指示してから、千住宿の方に急いだ。

向かい風が止んだ。

古寺に行くと、中からしゃがれた声で「南無阿弥陀仏、南無阿弥陀仏」という声が聞こえる。

ふたりはお堂に入り、

「住職すまねえ」

と、千恵蔵が声をかけた。

住職は聞こえていないのか、目を瞑(つむ)ったまま、読経を続けている。

「すまねえ、ちょっといいか」

千恵蔵が大きな声を出した。

住職の目がむくっと開く。

眉を少し吊り上げ、

「どうされましたかな」

と、落ち着いた口調できく。

「ここに遊び人は逃げてこなかったか」

「遊び人？」

「北次郎、天人の北っていう奴だ」

「さあ」

住職が首を傾げる。

千恵蔵は住職を睨(にら)みつけていた。

「本当に、知らねえのか」

「ここじゃありませんよ」

住職が言い放ち、また読経を始めた。

「親分、先を急ぎましょう」

与四郎がその場を離れようとすると、

「おい」

突然、千恵蔵は住職の肩を掴み、顔を覗き込んだ。

「お前、俺に世話になったことがあっただろう」

「え？　なんのことです」

「その目は違いねえ」

千恵蔵は住職の衣を肩から脱がせた。

与四郎が唖然としていると、背中に蟬の彫り物が見えた。

「そうだな」

「え、ええ……」

「本当にしらねえのか」

「しりませんって。そっちとはもう縁がありませんから」

「そっち？」

「いわゆる、千住の危ない奴らですよ」

「俺はただ天人の北はいねえのかって言っただけだ」

「でも、親分が探しているくらいなら危ない野郎でしょう。それに、その名は堅気じゃねえ」

住職の言葉遣いが、急に変わる。

顔つきも心なしか、悪人面に見えてきた。

「そこじゃねえ。なんで、北次郎が千住にいると知っているんだ」

「いや、それは……」

少し言い淀(よど)んでから、

「近くですから。千住に決まってます」

と、苦し紛れに言う。

「この野郎」

千恵蔵は住職の体を揺さぶる。

与四郎は思わず目を背けた。

仏像を見ると、妙に曲がっていた。仏像の上には天井板。かすかに外れていた。

「親分」

与四郎は小声で呼びかけた。

「なんだ」

千恵蔵の声は住職に向かう時と同じ恐さがある。

「あそこ」

与四郎は目で天井を報せた。

すぐに、気づいたらしい。

住職から手を離すと、近くにあった棒を手に取った。

「罰当たりな」

と小声で言い、天井板を押した。

途端に、天井裏を駆け抜ける足音がした。

「やっぱり、ここだったか」

千恵蔵が天井を睨み、

「もうお前の隠れる場所はねえ。出てきやがれ」

と、叫んだ。

「……」

だが、当然のことながら返事はなかった。

その時、本堂に日比谷がやって来た。

「天井裏に北次郎が」

「そうか」

日比谷が入り口付近の柱に登った。

そして、天井裏に入り込む。

「もう終わりだ」

という声がする。

少しすると、仏像の上から北次郎が落ちてきた。

逃げようとするが、着物が仏像に引っ掛かり、身動きが取れていなかった。

すかさず、千恵蔵が取り押さえた。

北次郎はしばらくじたばたしていたが、やがて体の力が抜けた。

「お前のことは全て調べが付いている。もう終わりだ」

千恵蔵が言い放った。

北次郎は憎しみの目で、この場にいる皆を睨み回した。

そして、与四郎と目が合うなり、

「内儀を殺しときゃよかった」

と、言い放つ。

与四郎は一歩前に近づく。

「お前のせいで、どれだけ町内に迷惑がかかったことか。死罪になるだろうが、ちゃんと、反省して欲しい」

憎しみよりも、哀れみで言い放った。

「おい、行くぞ」

千恵蔵は北次郎を起こし、連行した。

与四郎も付いて行った。

それから数日後、『日高屋』の跡地で、剣術道場の棟上げが行われた。

与四郎が出かけようとしたとき、千恵蔵がやって来た。

与四郎よりも先に、

「親分、あの件はどうなりましたか」

と、小里がきく。

あの後、案の定、小里にこっぴどく叱られた。しかし、北次郎を捕まえたことは、「お前さん、よくやりましたね」と褒めてくれた。これで、安心して眠れると言っている。千恵蔵は厳しい顔で、

「奴は全て認めたそうだ。それと、北次郎とつるんでいた千住宿の『春日屋』の主人も御用になった。北次郎を使って、邪魔な者を始末していた。とんでもない野郎だ」

と、吐き捨てた。

「そうですか。『春日屋』の旦那が……」

小里は表情を曇らせて、

「お内儀さんの気持ちを思うと……」

と、声を詰まらせた。

「そうそう、さっき横瀬さまに会ってきた」

千恵蔵は話題を移すように口にした。

「横瀬さまに？」

与四郎がきく。

「北次郎が売り飛ばした元々『升越』にいた女中の件だ。お前さんが代わりに引き受けたんだろう」

「あっ」

それまでの間に、様々なことがあり過ぎて、すっかり忘れていた。

「それで、その娘は？」

「『升越』の旦那が身請け代を出して、飯盛り女はやめることになった」

「そりゃ、よかった」

与四郎は、ほっとため息をもらした。

小里も嬉しそうにはにかんでいた。

「小里さん」

千恵蔵が呼びかける。

「なんでしょう」

「お前さんの心配はわかるが、与四郎のおかげで全てのことが解決したんだ。こいつは頼りになるやつなんだ。そこだけはわかってくれ」

千恵蔵が優しく言う。

「わかっているつもりです。でも、やはりうちの人が危険に遭うのは妻として心苦しいですから」

小里はいつものように言い返す。

千恵蔵は苦笑いして、

「またゆっくり来る」

と、帰ろうとした。

「親分、そこまでご一緒に」

与四郎が声をかける。

「今日は剣術道場の建前なんです」

「そういえば、もう立派な骨組みが出来ていたな」

ふたりは小里に見送られて外に出た。

明るい陽差しを浴びて、これでようやく穏やかになると、与四郎は晴れやかな気持ちで千恵蔵と並んで歩いた。

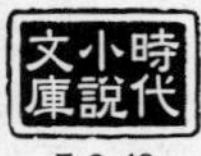

こ 6-42

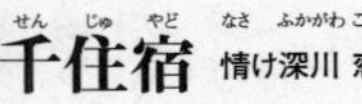

千住宿 情け深川 恋女房

著者 小杉健治

2023年9月18日第一刷発行

発行者 角川春樹

発行所 株式会社 角川春樹事務所
〒102-0074 東京都千代田区九段南2-1-30 イタリア文化会館

電話 03(3263)5247[編集] 03(3263)5881[営業]

印刷・製本 中央精版印刷株式会社

フォーマット・デザイン＆シンボルマーク 芦澤泰偉

ISBN978-4-7584-4592-4 C0193

http://www.kadokawaharuki.co.jp/[営業]

fanmail@kadokawaharuki.co.jp[編集] ご意見・ご感想をお寄せください。